Otra vez tú

Novela

Alice Kellen
Otra vez tú
Serie Tú 1

 Planeta

Obra editada en colaboración con Editorial Planeta – España

© 2014, Alice Kellen
Autora representada por Editabundo Agencia Literaria, S. L.

© 2021, Editorial Planeta, S. A. – Barcelona, España

Derechos reservados

© 2021, Editorial Planeta Mexicana, S.A. de C.V.
Bajo el sello editorial BOOKET M.R.
Avenida Presidente Masarik núm. 111,
Piso 2, Polanco V Sección, Miguel Hidalgo
C.P. 11560, Ciudad de México
www.planetadelibros.com.mx

Canción del interior:
pág. 247: © *Unchained Melody*, 1965 Philles Records, interpretada por
The Righteous Brothers

Diseño de portada: Booket / Área Editorial Grupo Planeta
Ilustraciones de la portada: Shutterstock

Primera edición impresa en España en Booket: julio de 2021
ISBN: 978-84-08-24476-9

Primera edición impresa en México en Booket: noviembre de 2021
Séptima reimpresión en México en Booket: octubre de 2022
ISBN: 978-607-07-8226-8

Impreso en los talleres de Impregráfica Digital, S.A. de C.V.
Av. Coyoacán 100-D, Valle Norte, Benito Juárez
Ciudad De Mexico, C.P. 03103
Impreso en México –*Printed in Mexico*

Biografía

Alice Kellen nació en Valencia en 1989. Es una joven promesa de las letras españolas que acostumbra a vivir entre los personajes, las escenas y las emociones que plasma en el papel. Es autora de las novelas *Sigue lloviendo*, *El día que dejó de nevar en Alaska*, *El chico que dibujaba constelaciones*, *33 razones para volver a verte*, *23 otoños antes de ti*, *13 locuras que regalarte*, *Llévame a cualquier lugar*, la bilogía *Deja que ocurra: Todo lo que nunca fuimos* y *Todo lo que somos juntos*, *Nosotros en la luna*, *Las alas de Sophie* y *Tú y yo, invencibles*. Es una enamorada de los gatos, adicta al chocolate y a las visitas interminables a librerías.

 https://www.facebook.com/7AliceKellen/

 @AliceKellen_

 @AliceKellen_

 https://www.pinterest.es/alicekellen/

Para todos los lectores.
Gracias por acompañarme en el camino.

ÍNDICE

1

¡OTRA VEZ TÚ!

Elisa dejó tres mojitos en la mesa y parte del líquido, de color verde intenso, se derramó sobre la superficie de madera. Me giré para coger una servilleta y entonces advertí que, para los dueños de aquel local caribeño, unos tristes trozos de papel eran un lujo innecesario del que se debía prescindir.

Hannah arrugó su pequeña naricilla cuando rozó la húmeda copa con los dedos. Era raro verla en aquel ambiente, teniendo en cuenta que parecía un ser angelical e inocente recién caído del cielo; no sería una sorpresa que un día cualquiera brotasen unas alas algodonosas de su espalda. Presumiblemente, la hazaña más peligrosa que había realizado a lo largo de su vida había sido visitar a un amigo que residía en Brooklyn. Solía relatar aquel episodio cuando iba algo achispada, con los ojos brillantes de emoción, como si aquel día hubiese escapado de una banda de narcotraficantes armados con varias AK-47.

Sin embargo, aquello ocurrió años atrás. Con el paso del tiempo, las tres habíamos cambiado mucho y, a pesar de nuestras diferencias, seguíamos siendo grandes amigas. A decir verdad, estaba convencida de que el hecho de que fuésemos tan distintas era el verdadero secreto de nuestra duradera amistad. Hannah era dulce y delicada, pero nunca miraba a nadie por encima del hombro; Elisa era analítica y muy perfeccionista, pero siempre estaba dispuesta a tender la mano y a ceder cuando llegaba el momento adecuado; y en cuanto a mí, bueno, solían decir que era caótica y que estaba un poco chiflada, pero, en mi defensa, diré que me esforzaba para intentar mejorar y no terminar parloteando y divagando a la menor oportunidad. O eso me gustaba pensar.

Hacía dos días que habíamos llegado a Los Ángeles, California. Siempre había fantaseado con vivir allí en algún momento y, aunque mi trabajo en la editorial me lo impedía, pasar veinte días de vacaciones bajo el sol junto a mis dos mejores amigas superaba todas mis expectativas. A pesar de que tenía veintisiete años, durante los pocos días que llevábamos recorriendo la zona, me había sentido de nuevo como una quinceañera; en plan «viaje de amigas unidas», en plan «molamos mogollón», en plan..., bueno, supongo que pilláis lo que intento decir. La cuestión es que Elisa nos había propuesto hacer aquel viaje porque estaba muy nerviosa por su boda (que se celebraría en septiembre) y necesitaba tomarse un tiempo para sí misma antes de embarcarse en esa nueva etapa de su vida. Yo no había puesto ninguna objeción; al fin y al cabo, nada excepto mi trabajo me ataba a Nueva York y ya había planeado pasar las vacaciones tirada en la cama, comiendo helados y batidos de EJ's Luncheonette mientras volvía a ver de forma compulsiva (y por cuarta vez consecutiva) la serie *Friends*.

Hannah había tenido que consultar con sus padres el plan de pasar las vacaciones en California, a pesar de que tenía nuestra misma edad y hacía siglos que se había independizado mudándose a un lujoso ático en una de las avenidas más transitadas de Nueva York. Supongo que tener unos controladores padres millonarios que te ingresaban al mes una cantidad de dinero considerable también tenía sus desventajas. Pero ¿qué digo?, en realidad los señores Smith eran billonarios con «b», o multimillonarios. En resumen: muy ricos, lo suficiente como para tirarte en la cama desnuda y lanzar billetes verdes al aire estilo escena cutre de película de sobremesa o quemar un par de fajos mientras te fumas un puro repantigada en una silla solo por el placer de ver arder lo que sea.

—Está un poco fuerte. —Hannah tosió y dejó el mojito sobre la mesa.

—¡No digas tonterías! —Elisa ondeó una mano en alto tras beberse casi la mitad de su copa de un trago—. Me encanta el toque mentolado.

Hannah arrugó nuevamente su diminuta nariz (era el único gesto carente de elegancia que se permitía hacer, a pesar de que su madre solía reprenderla por ello) y rebuscó en su bolso hasta sacar un folleto turístico y depositarlo con sumo cuidado delante de nosotras.

—He pensado que mañana podríamos ir a la playa. —Su uña, pintada de un brillante esmalte rosa, repiqueteó sobre la idílica imagen que anunciaba el folleto—. Al parecer, las que están enfrente de nuestro bungaló son algunas de las mejores de la zona.

—¡Sí, quiero tostarme al sol como si no hubiese un mañana! —exclamé.

—¡Ni hablar! Compraremos una sombrilla. —Hannah me miró fijamente—. ¿Sabes lo perjudicial que es el sol para la piel? ¿Quieres tener un montón de manchas en cuanto cumplas los treinta?

Suspiré mientras Elisa reía. Cuando su móvil comenzó a sonar, se disculpó explicando que era Colin y salió del local. En realidad, siempre era Colin, su maravilloso e increíble prometido. Elisa había tenido la suerte de tropezar con el único espécimen masculino decente que quedaba sobre la faz de la Tierra. Esperaba que procreasen pronto, expandiendo una nueva raza de hombres perfectos, aunque, cuando eso sucediese, los críos me llamarían «tía Emma» y yo tendría la piel repleta de manchas de color café por no haber seguido los consejos de mi amiga.

—¿En qué estás pensando? —Hannah se apartó con delicadeza algunos mechones de su sedoso cabello rubio.

«En los extraordinarios hijos que tendrán Elisa y Colin.»

Descarté admitirlo en voz alta.

—En que, si no quieres un mojito, puedo ir a pedirte otra cosa.

No hacía falta que Hannah dijese lo cohibida que se sentía en aquel local caribeño atestado de gente. Probablemente, su aventura en Brooklyn acababa de convertirse en una saga, cuya segunda parte se titulaba: «Peligro en un antro de mala muerte».

—¿Lo harías? —Abrió excesivamente sus ojos azules.

Asentí con la cabeza.

—¡Gracias, Emma! Tomaré un San Francisco.

—¡Genial! ¡Que sean dos!

Sacó la billetera de su bolso, pero denegué su ofrecimiento sacudiendo la mano en alto. Me terminé de un solo trago lo que quedaba de mi mojito y arrastré la silla hacia atrás para levantarme torpemente. Intenté avanzar entre el gentío. Y digo «intenté» porque jamás había estado en un pub similar, ni que se le pareciese de lejos. En Nueva York, los locales por las zonas que frecuentábamos solían ser sofisticados y podía asegurar que el noventa y nueve por ciento de los clientes iban vestidos. Ese detalle no parecía ser un requisito aquí.

Había numerosos chicos sin camiseta y chicas jóvenes en biquini. Las que no iban en bañador llevaban unos minúsculos pantaloncitos de tela vaquera o cinturones que usaban a modo de falda. Sonaba una música latina de fondo (no podía distinguir si era salsa, bachata o algo similar) y un sinfín de sudorosos cuerpos se movían al unísono, rozándose entre sí. El ambiente destilaba sexo. Era como si todos los clientes de ese bar llevasen escrito en la frente «Quiero tener una aventura esta noche».

Definitivamente, al lado de aquellas adolescentes desenfrenadas, ya no me sentía como una quinceañera, sino más bien como una anciana senil a punto de palmarla.

Mi fantasía juvenil acababa de ser aniquilada de un modo cruel.

Respiré hondo mientras apartaba de mi camino a otra chica medio desnuda y conseguía llegar hasta la barra. En eso consistía ese local, en tener que hacer malabarismos para poder pedir una copa. No, los camareros no se acercaban a tu mesa con una libretita y te atendían amablemente, eran los clientes quienes debían lograr (no sé cómo, todo sea dicho) que uno de los bronceados camareros te prestase atención durante un segundo de su valiosísimo tiempo.

Mientras estaba en la barra, con los antebrazos apoyados sobre la superficie de madera oscura, me pregunté si Elisa habría terminado la conversación telefónica con su inmejorable novio. No estaba segura de que Hannah pudiese sobrevivir sola en aquel lugar durante más de cinco minutos seguidos.

—¿Qué te pongo, preciosa? —preguntó un camarero sin dejar de preparar alrededor de diez mojitos a un mismo tiempo, con los vasos sobre la barra formando una larga fila.

Lo miré asombrada. Es decir, tenía entendido que los hombres no podían hacer más de dos cosas a la vez, pero ese espécimen me estaba hablando... mientras movía las manos... ¡Guau! ¡Impresionante! Seguro que habría hecho un máster o algo similar.

—Dos San Francisco.

—En seguida —contestó al tiempo que cogía varios vasos más del estante.

Permanecí muy quieta, como si fuese una estatua de hielo, ajena a la marabunta de gente que saltaba y bailaba animada a mi espalda. ¿Desaparecerían todos si cerraba los ojos y contaba hasta diez?

Definitivamente no, dado que alguien me estaba tocando el trasero.

Me giré bruscamente y aparté la mano del intruso de un manotazo. Un chico joven, que tenía el cabello muy rubio, sonrió y se tambaleó hacia un lado sin dejar de mirarme.

—¿Qué crees que estás haciendo?

—Tocarte el pander...

No pudo terminar de pronunciar su *elaborada excusa*, puesto que un desconocido se abalanzó sobre él y la espalda del joven chocó contra la barra de madera, volcando a su paso varias bebidas recién preparadas, antes de que lograse escabullirse y huir corriendo como si acabase de ver la muerte muy de cerca.

Me froté las manos, algo nerviosa.

—Oh, bueno, gracias, pero no era necesario ser tan...

Enmudecí cuando mi supuesto salvador alzó la cabeza y nuestros ojos se encontraron. Literalmente, dejé de respirar. Y estaba segura de que, a diferencia del chico que acababa de escapar, yo sí que moriría de un momento a otro, porque, hasta donde tengo entendido, los humanos necesitamos un corazón que funcione y oxígeno para seguir con vida y os aseguro que, cuando hace más de un año que no ves a tu exprometido y te lo encuentras de sopetón, no-puedes-seguir-respirando. Sobre todo, si él continúa mirándote fijamente con sus encantadores ojos azules y, pasados unos instantes, te dedica su sonrisa más irresistible. Y, creedme, es verdaderamente la más irresistible. Sé de primera mano que solía ensayarla frente al espejo, después de afeitarse por las mañanas, y que la utilizaba tanto en sus entrevistas de trabajo como para conseguir reservar mesa en los restaurantes más inaccesibles de Nueva York. Era un valor añadido al que recurría con frecuencia.

A mí también me hubiese parecido irresistible, si no fuese la sonrisa de una de las personas que más odiaba. Ni siquiera a los guionistas de *Perdidos* les guardaba un rencor semejante por ese cuestionable final de la serie.

Cuando Alex se movió acercándose más, mi cuerpo reaccionó de forma automática dando un paso atrás. Y después otro paso más, otro y otro... hasta que mi espalda chocó con un taburete y me obligó a frenar. Fue entonces cuando me pregunté por qué estaba huyendo, cuando, según mi versión de la historia, era él «el malo malísimo».

—Los San Francisco ya estaban servidos, tendrá que pagarlos —exigió el camarero mientras limpiaba con un trapo el líquido que se había derramado por la barra.

—¿San Francisco para ti? —Alex me señaló y alzó una ceja en alto—. Bien. Yo pago. Pon otros dos. Y para mí un ron con cola —le dijo tras tenderle el dinero. Cuando el camarero se alejó, me escrutó de los pies a la cabeza sin molestarse en disimular—. No sabía que te gustase el San Francisco.

Puse los ojos en blanco y solté un bufido.

—Eso confirma mi teoría de que nunca supiste nada de mí. No lo suficiente, al menos. Ya sabes, lo que se llama quedarse muy «en la superficie» —parloteé y luego me mordí la lengua para obligarme a no decir nada más e intentar controlar la rabia que me sacudía.

Me di cuenta de que tenerlo enfrente me convertía en una asesina en potencia. Y también en la novia de Pinocho, porque lo cierto era que todavía no había probado ese cóctel, así que teóricamente no podía saber a ciencia cierta si me gustaba o no, pero una mentira tan insignificante no hacía daño a nadie. Existía tan solo un cincuenta por ciento de posibilidades de que tuviese razón y ese porcentaje me parecía más que suficiente.

Alex se giró mientras se guardaba la cartera en el bolsillo de los vaqueros y aproveché el momento para echarle un vistazo rápido. Seguía teniendo el pelo negro, brillante y despeinado y los ojos de un azul intenso bajo unas pestañas largas. Vestía una camiseta de color gris oscuro que se ceñía a sus hombros y la única diferencia con el Alex que tan bien conocía era que el que tenía enfrente estaba más bronceado.

Bien. Tendría manchas en apenas un par de años. «Jódete, Alex. El sol actúa en consecuencia con el karma», pensé. Y una risa malévola sonó en mi cabeza, pero se extinguió en cuanto él advirtió que lo estaba mirando. Mierda.

—¿Qué estás haciendo aquí, Emma?

Me encogí de hombros con indiferencia.

—Pasar el rato, supongo.

No era la mejor respuesta, dado que vivía en la otra punta del país. Pero tampoco era la mejor pregunta por su parte, teniendo en cuenta que la última vez que lo había visto él también residía en Nueva York. En concreto, en el apartamento que ambos compartíamos. ¿Qué hacía Alex allí? Ni idea. Pero me importaba entre cero y nada.

Alex rompió la escasa distancia que nos separaba y maldije interiormente al descubrir que utilizaba la misma atrayente fragancia que, tiempo atrás, conseguía volverme loca. Ese tipo de increíbles perfumes masculinos, que emanan testosterona sin ton ni son, deberían ser ilegales. Algún día escribiría un informe detallado sobre el daño irreversible que tales diabólicos aromas causan en las mujeres. ¿Existía en la Casa Blanca un buzón de sugerencias para aquellos ciudadanos que nos atrevíamos a alzar la voz?

—En serio, Emma —prosiguió y, ¡oh, maldita sea!, odiaba la encantadora manera que tenía de pronunciar mi nombre—. ¿Qué te trae por Los Ángeles?

—¿Por qué no me dices tú qué estás haciendo aquí?

Soltó una risita estúpida que me puso de los nervios.

—No, no me creerías. Además, tu maravilloso ego estallaría en mil pedazos.

«Mi maravilloso ego», dijo el Señor Orgullo Infinito. Oteé la barra del local esperando encontrar algo punzante. Quizá el tenedor que había más allá pudiese valer, a pesar de que estaba demasiado lejos y tendría que tumbarme encima de la barra para alcanzarlo. Eso dolería, ¿no? Y más si hacía diana en algún órgano vital.

—Estás peor de lo que recordaba —señalé.

—Puede, pero tengo razón. No podrías soportar que las cosas me fuesen bien, ¿verdad? —Se inclinó más hacia mí—. Porque, ya sabes, tal como solías repetir unas cuatrocientas veces al día, soy demasiado inconsciente e impulsivo como para ser constante en algo.

Era como un globo al que han hinchado demasiado, con el brillante plástico tirante y a punto de explotar con el mínimo roce. Y fue volver a mirarlo, perderme en esos labios entreabiertos que tantas veces me habían dado las buenas noches, y de repente, ¡pum! ¡A la mierda todo! ¡A la mierda!

—¡Sí, pero tenía razón! ¡No me equivoqué! —grité, perdiendo el control—. ¡Me lo demostraste claramente cuando huiste una semana antes de nuestra boda!

En ese momento pude salir de mi cuerpo, a modo de revelación espiritual, para verme a mí misma desde un punto de vista objetivo, montando una escena digna de la novia despechada que era. ¿Como en esas comedias románticas en las que la protagonista se vuelve loca y suenan un montón de risas enlatadas de fondo? No, no es tan divertido en la realidad, pero, por suerte, aquel local era tan ruidoso que nadie más pareció oírme o prestarme atención. Alex pestañeó, haciéndose el sorprendido, como si acabase de descubrir que, oh, sí, me dejó plantada a escasos días de subir al maldito altar.

—¡Joder! ¿Tú te estás oyendo? ¡Me pediste que me marchara! —exclamó alzando los brazos. La vena en su cuello se tornó más visible; siempre empezaba a palpitar furiosamente cuando se cabreaba—. ¡Dijiste que querías cancelar la boda!

—¡Dije muchas cosas a lo largo de nuestra relación y jamás me escuchaste! Pero, curiosamente, esa fue la primera y la última vez que hiciste lo que te pedí.

Cogí los dos San Francisco, que llevaban un buen rato sobre la barra, y di media vuelta dispuesta a fingir que no me había encontrado con Alex y que, en consonancia, todavía llevábamos un año y dos meses sin vernos. Era lo mejor. Eliminaría el recuerdo de los últimos veinte minutos de mi vida y seguiría adelante. No volvería a mirar atrás nunca, nunca, nunca.

Alex me cogió del brazo y me obligó a girarme hacia él.

El contacto de sus dedos sobre mi piel parecía quemar, como si mi cuerpo lo reconociese y reaccionase ante su recuerdo. Y estaba tan guapo... Y olía tan bien...

—¿De verdad no querías que me marchase? —preguntó casi en un susurro, mirándome fija e intensamente—. ¿No dijiste en serio lo de cancelar la boda?

Me debatí interiormente. Dado el trágico final de nuestra relación, no servía de mucho admitir ahora la verdad. Era demasiado tarde para ese «nosotros» que casi llegamos a rozar con la punta de los dedos.

—Lo dije en serio, Alex —contesté tras un largo silencio—. Ya lo sabes, lo nuestro estaba... destrozado. Son cosas que pasan, imagino.

¿Por qué demonios sus dedos continuaban sobre mi brazo? Estaba casi segura de que moriría por combustión espontánea de un momento a otro. Como mínimo, había un treinta por ciento de posibilidades de que eso sucediese. Necesitaba alejarme de él.

—Vale, de acuerdo. —Nervioso, Alex se revolvió el cabello con la mano que tenía libre—. ¿Y qué estás haciendo aquí? Dímelo, por favor.

No sé si fue por el tono suave de su voz, por el hecho de que lo pidió «por favor» o porque su cercanía conseguía marearme, pero finalmente aflojé las riendas y noté que me ablandaba como mantequilla derritiéndose sobre una sartén. Ese era el horrible efecto que él tenía sobre mí. Derretirme. Tragué saliva despacio.

—He venido de vacaciones.

Entornó levemente los ojos.

—¿Con quién? —siseó.

—Con Elisa y Hannah.

Justo tal y como lo recordaba, sus labios se fruncieron en una mueca en cuanto pronuncié el nombre de mis dos mejores amigas. Porque, aunque para mí la razón era un misterio, Alex siempre las había detestado a las dos.

¿Lo más curioso de todo? Ellas lo adoraban.

O al menos lo hacían antes del episodio «novio a la fuga».

Sin embargo, él siempre había estado convencido

de que en el fondo lo odiaban cuando, en realidad, eso no era cierto. Y dado que Alex jamás cambiaba de opinión cuando una idea se incrustaba en su cabeza como una garrapata, con el paso del tiempo había dejado de intentar explicarle lo mucho que ambas lo apreciaban. Era inútil. Era como hablar con una maldita pared, con la excepción de que algunas paredes producen eco o tienen cañerías ruidosas y eso, al menos, puede considerarse una especie de respuesta.

—Así que de vacaciones... —repitió—. ¿Cuánto tiempo?

—Veinte días —contesté y, al hacerlo, me di cuenta de que quedaban dieciocho días, y ese tiempo me pareció una eternidad ahora que sabía que él estaría cerca.

—¿Y dónde te hospedas?

Ahí estaba el momento exacto en el que debía decir una frase brillante como «Alex, eso no es de tu incumbencia. Además, un latino de metro noventa me está esperando ahora mismo en la cama. Tengo que irme. Chao. Pásalo bien». Lanzar el típico beso al aire podía ser el perfecto toque final.

Sin embargo, dije:

—En el bungaló 47, al final de esta misma calle.

Él me mostró su famosa sonrisa irresistible, seguramente siendo consciente de que acababa de conseguir su propósito. Aunque algo tarde, pude recuperar la compostura.

—Lo siento, pero me están esperando las chicas... —Alex apartó su mano de mi brazo y el frío que sentí me golpeó de súbito—. Espero que todo te vaya bien.

Asintió, sin murmurar ni una palabra, y yo seguí

mi camino, preguntándome por qué no dejaban de temblarme las piernas, por qué tenía ganas de llorar y por qué seguía doliéndome el corazón. Era sorprendente que la vida de una persona pudiese trastocarse desde los cimientos en apenas veinte miserables minutos.

2

(ANTES) LA PRIMERA VEZ QUE LO VI

Recuerdo la primera vez que lo vi.

Yo estaba entusiasmada porque aquel día era el cumpleaños de mi hermano mayor, que soplaba doce velas. Mi madre había preparado sándwiches sin corteza y limonada y había llenado el sótano con globos de colores que Travis se encargó de hacer explotar antes de que llegasen todos sus amigos a la fiesta.

—¡Mamá, Travis está haciendo... bum, bum! —lloriqueé.

—¡Travis, no los hagas explotar! —le riñó.

Mi hermano frunció el ceño y reventó el último globo que quedaba.

—¡Tengo doce años! ¿Quieres que se burlen de mí?

Desapareció escaleras arriba y yo me quedé allí, en cuclillas, observando los restos de plástico rosa y preguntándome si podría utilizar ese trozo de globo para hacer alguna manualidad. Los recogí todos mientras los amigos de mi hermano iban llegando a la fiesta, llenando la casa de gritos y risas. Yo tenía siete años menos y sabía que Travis intentaría alejarme de ellos porque, según él, solo era «una mocosa». Así que me metí en el armario del sótano donde mamá guardaba las toallas y la ropa de cama, me abracé las rodillas y me quedé allí escuchando las tonterías que mi hermano y sus amigos decían mientras comían sándwiches y se turnaban para jugar a la videoconsola.

Pasado un rato, decidieron salir a jugar al jardín. Al levantarse, alguien debió de tirarle una bebida encima a uno de los niños y, entre el barullo de pasos subiendo las escaleras, mi hermano le dijo que en el armario había toallas para limpiarse.

Ni siquiera tuve tiempo para buscar una excusa.

Él abrió la puerta de golpe, justo cuando todos los demás invitados habían salido del sótano, y sus ojos azules me miraron con una mezcla de curiosidad y desconfianza. Era el chico más guapo que había visto. De hecho, hasta ese momento, los niños ni siquiera me parecían «guapos» o «feos», tan solo niños.

Me puse en pie con cierta torpeza y señalé el armario.

—Me llamo Emma —balbuceé—. No se lo dirás a mi hermano, ¿verdad?

—Alex —contestó tras un minuto de silencio.

Alargó el brazo para coger una toalla y se limpió las manchas de limonada. Luego se giró, la dejó sobre el respaldo de una silla y se alejó hacia las escaleras. Corrí tras él.

—¡Espera! ¿Vas a chivarte?

Entornó los ojos al mirarme.

—Ya veremos... —dijo; luego sonrió y se largó.

Me quedé allí, al pie de las escaleras, pensando en esos ojos que me recordaban al protagonista de unos dibujos animados que veía todos los días en la televisión, porque eran grandes y de un color tan limpio y uniforme como el de mis pinturas de cera.

3

«¡ESTÁ OCUPADO!», GRITÓ CORAZÓN

—Es increíble, ¿qué posibilidades existen de que te cruces con él, teniendo en cuenta que en este país hay más de trescientos millones de personas? —Elisa abrió la cortinilla azul del salón y el débil sol matutino iluminó la acogedora estancia.

—Menos de un 1,01 %. Necesitaría una calculadora para sacar los decimales correctos.

—Emma, no lo decía de un modo literal. No es necesario que calcules los porcentajes de todo. —Me sirvió una taza de café.

—¡Es el destino! —gritó Hannah, radiante de buena mañana.

A ver, ¿cuántas personas al despertarse tienen bucles dorados y perfectos en el pelo? El cabello de Hannah siempre era una cascada de oro, como si esos eslóganes engañosos que llevaban impresos todos los botes de champú sí funcionasen con ella. Sin encrespamiento. Con brillo. Sedosidad intensa.

Elisa terminó de prepararse su café y se sentó junto a nosotras en el sofá de color frambuesa. Señaló a Hannah con el dedo, con su típica actitud de «soy abogada, soy invencible, soy la lucha contra el mal».

—No olvides que la dejó —recordó con dureza. Seguramente pudo ver cómo mi corazón volvía a partirse en mil pedazos por la compungida expresión de mi cara. Respiré hondo—. Tranquila, Emma. Hemos hablado de esto muchas veces durante el último año. Lo tienes superado. Si sobreponerse a una ruptura fuese una oposición, tú saldrías la primera de la lista con matrícula de honor.

Debo admitir que eso no era del todo cierto, aunque agradecía lo bien que Elisa mentía, así podía creérmelo momentáneamente y sentirme como una mujer fuerte, dura e independiente. Pero la cruda realidad era que la ruptura me había dejado totalmente destrozada. Me convertí en poco menos que un despojo humano. Cuando Alex se marchó, lo echaba tanto de menos que creí que jamás volvería a sonreír. Y hasta pensé en dejar mi trabajo. Me dije: «¡A la mierda el amor! ¡A la mierda todo!».

Por si os estáis preguntando qué diantres tenía que ver mi vida laboral con el hecho de que mi novio me dejase, quizá deba aclarar que trabajaba en una de las editoriales más prestigiosas de Nueva York como editora de la colección Rose, que era donde catalogábamos las novelas de género romántico. Y si me cambiaron de departamento y conseguí ese puesto fue porque había leído la mayoría de los libros románticos que existían en el mercado. Muchos. Montañas de libros. Los clásicos me apasionaban; me había sumergido tantas veces en las páginas de *Orgullo y prejuicio* o *Jane Eyre* que me sabía varios diálogos de memoria y a veces los recitaba cuando tenía uno de mis días intensos. Disfrutaba con las contemporáneas, las históricas o las que sazonaban la trama de amor con un misterio o aventuras. Era como una especie de esponja dispuesta a absorber dosis de amor.

Me gustaba «el amor» en sí, como concepto.

Ya de pequeña, mis muñecas siempre terminaban encontrando a su media naranja, me perdían las piruletas con forma de corazón y creía firmemente en «el destino».

Y, pese a todo, nunca fui una chica demasiado enamoradiza. No me colgué por ningún tío en el instituto ni tampoco perdí la cabeza por el profesor de literatura americana del siglo xx de la universidad con aire bohemio que hechizó a media clase. Pero no hacía falta ser un genio para darse cuenta de que la razón por la que no dejaba que nadie se colase en mi corazón era porque llevaba ocupado desde hacía años. Por él. Por ese amigo de mi hermano mayor que conocí un día cualquiera en el sótano de mi casa. Alex Harton llegó a mi vida, se quedó y no dejó hueco para nadie más.

—¡Tengo una idea! ¡Miremos el horóscopo a ver qué dice! —gritó Hannah.

—Sí, genial, un modo infalible para solucionar todos los problemas —replicó Elisa—. Y después podemos ir a comprar un poco de cuerno de unicornio para hacer una poción de la felicidad.

—No deberías ser tan fría —contestó Hannah.

—No lo soy, solo intento ser práctica.

Me esforcé por aparentar despreocupación.

—Chicas, tranquilas, seguramente no volveré a cruzarme con Alex. Estamos de vacaciones, ¡y me muero de ganas por estrenar mi nuevo biquini y visitar la zona! No quiero volver a pensar en el pasado, en él ni en nada.

Quise ignorar la mirada dubitativa que las dos intercambiaron y me terminé de un trago el café con leche antes de dirigirme hacia la habitación para buscar el fantástico biquini rojo que había comprado la semana anterior. Tenía que estar en algún sitio, entre las docenas de prendas de ropa que había metido en la maleta después de tener que sentarme encima de ella para poder cerrar la cremallera. Necesitaba un día de playa relajante y tranquilo. Volver a la normalidad. No pensar en él.

En ese momento llamaron al timbre.

Quizá el señor Geller, el hombre que se encargaba del alquiler del bungaló, se hubiese tomado al fin la molestia de traernos las toallas que le habíamos pedido al llegar.

El timbre sonó una segunda vez, así que me dirigí hacia el salón mientras me ataba el biquini al cuello haciendo un lazo. Mis amigas estaban allí, plantadas delante de la puerta.

—¿Qué os pasa? ¿Por qué no abrís?

—Es que... resulta que ahí fuera...

Pero Elisa no tuvo tiempo de terminar, porque no me lo pensé antes de girar el pomo y abrir la puerta de golpe. «Oh, joder.» Tragué saliva tras volver a sumergirme en los ojos azules de Alex, que me miraban fijamente como si estuviese intentando colarse de nuevo en mi interior. A la luz del día, todavía tenía mejor aspecto. Una tortura, vamos. En secreto, cuando nos reencontramos con nuestras antiguas parejas, todas anhelamos descubrir que se han quedado medio calvos y les ha salido una barriga inamovible, pero por desgracia no era el caso, no, ni un solo kilo de más. Lo insulté mentalmente por no haberse pasado como yo semanas enteras alimentándose a base de helados y palomitas después de la ruptura.

Me humedecí los labios antes de hablar:

—¿Qué estás haciendo aquí?

—Buenos días para ti también.

Sonrió y me miró con descaro el escote.

Entonces recordé que había abierto la puerta en biquini.

Era imbécil. ¿Por qué me estaba sonrojando? ¡Alex me había visto desnuda mil veces! En todo tipo de lugares, en todo tipo de posturas... Vale, eso no ayudaba a disipar el rubor que me cubría las mejillas en aquellos momentos.

—Estás increíble. En serio —dijo con voz ronca.

—Gracias. Tu madre no pensaba lo mismo —escupí.

¿Qué narices me pasaba? Era como si un montón de pensamientos y recuerdos negativos invadiesen mi mente como extraterrestres atacando el planeta Tierra sin dar tregua. Solo quería vomitar toda la maldad que aún me quedaba dentro y cerrarle la puerta en las narices.

—¿Cómo puedes acordarte ahora de eso? —Frunció el ceño—. Además, lo único que mi madre dijo fue que tenías un cuerpo curvilíneo. ¿Qué tiene eso de malo?

—En el idioma de tu madre, *curvilíneo* se traduce por «eres una maldita vaca y no mereces estar con mi fantástico, maravilloso e inigualable hijo que, si no fuese por ti, habría llegado a ser la mano derecha del presidente de Estados Unidos».

Alex parpadeó, pero no apartó sus ojos de los míos.

—Sigues comportándote como una psicópata.

Suspiré hondo y sujeté con fuerza el marco de la puerta, hasta que se me quedaron los nudillos blancos. Bien, sí, puede que la conversación se me estuviese yendo un poco de las manos, pero él era el que había creado el monstruo y la verborrea solo era un efecto secundario más. No era culpa mía. No podía contener todo lo que sentía. Y lo que sentía era un montón de emociones enredadas que nunca me había molestado en diseccionar porque no estaba preparada para afrontar lo que podría descubrir si lo hacía.

Le mostré una sonrisa falsa.

—Vayamos al grano, ¿qué es lo que quieres?

—Pues, me preguntaba... —tomó aire—, me preguntaba si, después del tiempo que ha pasado, podríamos, no sé, ¿salir a desayunar juntos?

—Un año, dos meses y catorce días.

—¿Cómo dices? —Arrugó la frente.

—El tiempo que ha pasado desde que rompimos.

—Esto..., vale. —Se rascó la nuca distraído—. Lo que quería decir es que podríamos intentar ser amigos. Porque, a estas alturas, lo que pasó no debería ser un problema...

—¡Por supuesto que no! —Mi voz sonó muy aguda, como si de un momento a otro fuese a cantar ópera—. Lo superé la sexta semana. Todo un logro, si tenemos en cuenta que el ochenta por ciento de las mujeres tardan más de medio año en seguir adelante con sus vidas. Sí, el proceso fue... bastante tranquilo. Elisa suele decir que saqué matrícula de honor en el examen de ruptura de pareja.

Él enarcó las cejas y yo recé para que alguien me cerrase la boca.

—Típico de Elisa. Tan adorable como de costumbre.

Nos sumimos en un silencio incómodo. ¿Qué se suponía que debía decir? «¡Eh, estás muy moreno! ¡En apenas unos años tendrás la piel llena de manchas, gilipollas!» No, no parecía lo más adecuado, así que recurrí a las estadísticas. Es algo que nunca falla. ¿Te quedas sin tema de conversación? Di algo interesante, de algún asunto mundano con el que todos puedan sentirse identificados. Nadie comprueba finalmente si lo que has dicho es cierto o no. Además, a todo el mundo le apasionan los datos tontos.

—¿Sabes que la probabilidad de tener hemorroides es de una entre veinticinco?

Alex sonrió y sus ojos adquirieron un brillo fugaz bajo la luz del sol. El aire desapareció de mis pulmones y, durante unos instantes, me sentí animada por haberlo hecho feliz, como si estuviese participando en un programa de la televisión por cable y fuesen a darme puntos extra por mi hazaña o algo similar. Era patética.

—Veo que sigues recurriendo a las estadísticas cuando te pones nerviosa —comentó sin dejar de sonreír—. Ahora que ya has roto el hielo con tu fórmula infalible, ¿desayunamos?

Cogí aire de golpe al recordar que él conocía todos mis trucos.

—¡Sí, perfecto! Espera aquí, salgo en un momento.

En cuanto cerré la puerta y me giré, descubrí a mis amigas espiándome. Ambas fingieron no haberse percatado de lo ocurrido. Es más, Hannah sostenía una revista al revés y parecía disfrutar mientras lo hacía. Elisa, en cambio, se acercó preocupada.

—Creo que no es una buena idea que vayas, Emma.

—No dramaticemos, tan solo es algo informal. Será

rápido; iré, aguantaré las ganas de estrangularlo con la servilleta o de clavarle un tenedor y estaré aquí antes de la hora de comer.

Fui hacia la habitación mientras me seguían.

—¡Tengo razón! ¡Es el destino! —Hannah se llevó una mano al pecho—. Además, acabo de leer tu horóscopo, ¿quieres saber lo que dice? —Se colocó bien el escote de la camiseta y continuó hablando—: Asegura que algo increíble va a suceder en tu vida y que una persona de tu pasado tendrá mucho que ver con eso.

—Hasta un mono manco podría escribir la sección de los horóscopos. —Elisa puso los ojos en blanco al tiempo que me arrebataba el vestido corto que acababa de sacar del armario—. No olvides que te partió el corazón. Puedes aspirar a algo mejor, Emma.

Me llevé los dedos al puente de la nariz, intentando calmarme.

—¿Crees que tengo intención de volver con él?

—Eso parece —dijo con el semblante tenso.

—¡Y es tan romántico! —Hannah se dejó caer sobre la cama como en las películas adolescentes, cuando la protagonista se lleva una mano al corazón y entorna los ojos con aire soñador mientras se muerde el labio.

—No existe ni un uno por ciento de probabilidades de que eso ocurra. En esta historia no hay lugar para las segundas oportunidades. Confía en mí, Elisa. Sé de lo que hablo.

Hannah estaba tan apenada que pensé que lloraría de un momento a otro. Era como un cervatillo inocente en medio de una cacería. Vale, sí, admito que *Bambi* traumatizó mi infancia. Siempre quise denunciar a la compañía cinematográfica por todos los daños irreparables que le causó a mi cerebro; no solo por esa muerte injusta y cruel, sino también por vender una idea del amor ridícula que, en esencia, era justo a lo que yo misma me dedicaba por aquel entonces: vender humo. Porque sí, el amor era eso, humo.

—Entonces, ¿por qué demonios quedas con él?

—Porque Alex piensa que no lo he superado, ¿lo entiendes? —Me metí el vestido azul por la cabeza y, tras alisarlo con las manos, me observé en el espejo de la habitación—. Me mira desde su altar de superioridad con esa sonrisita de idiota, convencido de que la ruptura fue por mi culpa y de que me merezco mi desgraciada vida. Tan solo quiero demostrarle lo increíblemente feliz que soy sin él. Es más, puede que hasta me invente que tengo novio. O que me tocó la lotería. O que me dedico a hacer tríos locos un sábado al mes. No sé, algo así.

—¡¿Vas a mentirle?! —Hannah abrazó con fuerza la almohada.

—Todos lo hacemos. —Elisa sonrió orgullosa—. Me parece perfecto.

Deseché la idea, dado que no era buena señal que a Elisa le gustase. La quería mucho, pero en ocasiones era demasiado eficiente y fría, seguramente porque tras tantos juicios se había ido convirtiendo en la típica abogada terrorífica. Y creedme, en los juzgados era temida hasta por los asesinos en serie. No tenía rival. Por los pasillos del bufete en el que trabajaba, se oía de vez en cuando una leyenda que decía que un traficante de armas se meó encima cuando se enteró de que ella iba a encargarse de la acusación.

Cogí un pequeño bolso veraniego de muchos colorines.

—Chicas, me tengo que ir. Llevo el móvil encima, por si necesitáis algo. Pasadlo bien en la playa.

Hannah comenzó a saltar en la cama. Sus enormes pechos se movían de un lado a otro de un modo hipnótico. Cualquier tío hubiese pagado más de cien pavos por ver semejante espectáculo en vivo y en directo.

—¡Dale recuerdos a Alex de mi parte! —exclamó.

Salí por la puerta, intentando no pensar en que la palabra más bonita que Alex le había dedicado a Hannah había sido *descerebrada*. Por supuesto, mis amigas no tenían por qué saber lo mucho que él siempre las había detestado, ¿para qué meter cizaña? Un año atrás, cuando todavía estábamos juntos, solía fingir que Alex las apreciaba tanto como si fuesen sus hermanas pequeñas. Y ellas lo creían. Era una mentirosa sin remedio.

—Esto de esperarte durante horas mientras te arreglas me trae recuerdos —dijo en cuanto empezamos a avanzar por el pedregoso camino de la entrada—. ¿Te acuerdas de aquella vez que me quedé dormido en el sofá porque tenías que cambiarte los pendientes? Decías que no combinaban con el vestido que llevabas o no sé qué historia. Era demencial.

Tragué saliva despacio. Claro, por supuesto que no me había olvidado de aquella noche. No por los pendientes que finalmente escogí (unos de color esmeralda, largos, con pequeñas incrustaciones de oro blanco), sino porque fue el día que me propuso matrimonio. Me engañó, asegurándome que cenaríamos en uno de los restaurantes más caros de la ciudad, y pasé toda la tarde decidiendo qué modelo ponerme. Unas horas después, tras recorrer las calles de Nueva York en un coche de caballos a lo Carrie Bradshaw, descubrí que había preparado una cena romántica en Central Park, a la orilla del lago, con el típico mantel de pícnic de cuadros rojos y blancos y velitas repartidas por todo el césped...

No era sano rememorar todo aquello, no.

Antes de que pudiésemos cruzar la calle por el paso de cebra, Alex se subió a una moto que había aparcada en la acera y me miró sonriente, con las manos en el manillar.

—¿Piensas robarla? —Reí tontamente.

—Es mía.

Lo miré incrédula.

En la vida odiaba muchas cosas. Odiaba los mosquitos que se pasaban las noches de verano zumbando a mi alrededor, odiaba que me quitasen de las manos una ganga el primer día de rebajas, odiaba hacer deporte, sentirme mal por no hacerlo y entrar en bucle respecto a ese tema, odiaba la textura de los calamares y de las pepitas de tomate, pero, por encima todo y como os estaréis imaginando, sí, odiaba las motos. Mucho y muy fuerte.

—Sabes que las odio —dije entre dientes.

—Ya. Esa es la razón por la que no me compré una cuando estábamos juntos. —Supe que Alex estaba recordando aquel día que pasamos por delante de un concesionario y yo le quité de la cabeza la idea de comprarse una moto—. Pero, cuando lo dejamos, pensé: «¿Qué me impide ahora tener algo que me encanta?».

Retrocedí un paso balanceando mi bolsito.

—Qué bien. Es fantástico, me alegro por ti. Por desgracia, acabo de recordar que les prometí a las chicas que pasaría con ellas la mañana en la playa; sí, ahora tengo problemas de memoria a corto plazo. Pasa un buen día, Alex.

Escuché el sonido áspero del motor en cuanto me

di la vuelta para caminar directa hacia el bungaló y, unos instantes después, él estaba a mi lado, montado en su fantástica y brillante «máquina de matar» con ruedas.

—Iré despacio, Emma —aseguró—. Iré tan despacio que pensarás que vamos en bicicleta.

Me reí, presa del nerviosismo y la angustia.

—No. Imposible. ¿Sabes cuántas posibilidades hay de palmarla en un accidente de moto? ¡Infinitas!

—¡Vamos, no seas gallina!

Presioné los labios, intentando no caer ante su provocación. Sabía cómo era Alex; me presionaba constantemente, tensándome, jugando, hasta que al final me hacía estallar.

—Si lo que realmente te pasa es que no has superado lo nuestro, puedes decírmelo. Lo entiendo —bajó el tono de voz—. De verdad que puedo comprenderlo, Emma. No te preocupes, con el tiempo lo verás todo de un modo diferente. Créeme, a mí me ocurrió.

¿Sabéis que la probabilidad de que la Tierra sufra el impacto letal de un asteroide en los próximos cien años es de 1 entre 5 000? Si a esa ecuación le añadimos el hecho de que el mencionado asteroide debería caer sobre la cabeza de Alex, ¿cuáles eran las posibilidades de que eso pasara?

Dejé de caminar, cogí mucho aire de golpe y alzando una pierna en alto, me subí en la parte trasera de la moto. Vibraba. De pronto, todo mi cuerpo vibraba, tanto por su presencia como por el cacharro sobre el que me acababa de montar. Era una sensación espeluznante. Alex se giró, con una estúpida sonrisa de suficiencia, y me abrochó el casco. Antes de que pudiese incorporarse a la carretera, le pellizqué el brazo.

—Te advierto una cosa: si en algún instante, por pequeño que sea, sobrepasas los treinta kilómetros por hora...

—¿Qué ocurrirá si lo hago? —preguntó burlón.

—No sé, no sé —medité, llevándome un dedo a la barbilla—. Todavía tengo por casa ese vídeo que grabamos; sí, ese en el que salíamos con poca ropa.

Se movió hacia atrás, hasta que su espalda chocó contra mi pecho.

—¿En serio? ¿Y no podrías enviarme una copia?

—Por supuesto. Y también otra a tu madre. Tengo entendido que le encantan las películas de acción. Además, así podrá criticar cada centímetro de mi cuerpo a conciencia. Puedes enseñarle a congelar la imagen en el vídeo, para que me estudie desde todos los ángulos.

Alex soltó una carcajada y comenzamos a avanzar lentamente por la carretera, cerca de la cuneta, dejando que los demás coches nos adelantasen. Me esforcé por separarme todo lo posible de su cuerpo, pero no era una tarea sencilla dado el escaso espacio que había entre nosotros.

Me sorprendió que cumpliese su palabra. Durante todo el camino, mantuve la vista fija en la carretera, a pesar de que a la derecha se veía la preciosa zona de la costa, a la espera de que él acelerase de un momento a otro, lanzándonos a ambos por los aires. Pero no ocurrió. Cuando bajé de la moto, seguía viva. Era un milagro.

Entramos en un típico restaurante de playa y nos acomodamos en la terraza. El camarero saludó a Alex como si lo conociese de toda la vida y ambos pedimos el desayuno estándar, que, en resumen, consistía en grasas saturadas y alrededor de tres mil calorías por cabeza.

Olía a sal marina y la brisa del mar soplaba ligeramente, revolviéndome el cabello. Debía admitir que el lugar tenía su encanto. Los ojos de Alex eran de un tono casi tan intenso como el color del mar que teníamos enfrente.

Apoyó los antebrazos en la mesa, cogió un palillo y comenzó a moverlo entre sus dedos. Había olvidado que, cuando estaba sentado, normalmente necesitaba tener algo en la mano. Cualquier cosa. En ocasiones se entretenía con mi pelo, mientras veíamos una película, enroscando distraído un mechón de cabello entre sus largos dedos.

Sacudí la cabeza, expulsando de golpe aquel recuerdo.

—Y dime, ¿qué tal está Cereza? —preguntó.

¡Qué cuestión tan... interesante!

Cuando llevábamos un mes viviendo juntos, decidimos tener una mascota. Alex quería un gato, pero a mí me parecía demasiada responsabilidad (y ni hablar de tener un perro), así que finalmente conseguimos llegar a un acuerdo, tras arduas discusiones que parecían no tener fin, y decidimos comprar un hámster. Lo llamamos «Cereza», porque era redondo y nunca tuvimos claro si era hembra o macho.

Lamentablemente, Cereza murió tres días después de que nuestra relación se rompiese. En serio, fue increíble. ¿Habéis visto esos artículos de periódico donde los dueños de algunos animales explican que estos no pueden superar la marcha de un ser querido? Algo similar le ocurrió a Cereza. Murió porque se atragantó con una de sus pipas. Y aunque nunca lo admitiré en voz alta, estoy segura en un noventa y cinco por ciento de que la culpa la tuvo Alex, porque fue él quien se largó, a fin de cuentas. Pobre Cereza. Pobre.

—Está bien —mentí—. Feliz en su jaula, como siempre. Comiendo sin parar.

Alex me miró fijamente mientras el camarero dejaba el ingente desayuno sobre la mesa. Cuando se marchó, comencé a untar un panecillo con mantequilla.

—Emma, estás mintiendo.

Solté una risa estrangulada.

—¿Qué? ¿Por qué dices eso?

—Sé cuándo mientes. Dejas de pestañear.

—¿Perdona? Oh, Dios, definitivamente no me conocías en absoluto. Tuvimos suerte de que surgiese esa... esa discusión imprevista y que cancelásemos todos nuestros planes de futuro —comencé a divagar—. ¿Sabes cuántas probabilidades hay de que alguna vez aciertes en algo que esté relacionado conmigo? ¡Ninguna!

Alex se frotó la incipiente barba.

—No te esfuerces. Nunca pestañeas mientras estás mintiendo. Y eso es exactamente lo que has hecho mientras hablabas de Cereza.

Negué con la cabeza, masticando un trozo de huevo.

—Al menos podrías tener la decencia de admitir que nuestro hámster la palmó.

—Dejó de ser «nuestro» cuando te fuiste y pasó a ser «mi» hámster. Y sí, vale, ahora está en un lugar mejor con otros muchos roedores felices, ¡pero fue por tu culpa! No pudo superar la ruptura.

Alex suspiró y puso los ojos en blanco.

—No hacía falta que lo dijeses en voz alta. Sé que cualquier desgracia que ocurra en tu vida siempre es por mi culpa. Soy omnipresente. Soy el único hombre capaz de asesinar hámsteres a distancia. Es un don que tengo.

El desayuno me estaba dando ganas de vomitar. La situación me resultaba familiar. Típico de nosotros, salir a pasar un buen rato al lugar más relajado sobre la faz de la Tierra y terminar discutiendo sobre quién mató a Cereza.

—Este sitio es genial. Muy bonito —dije, intentando cambiar el rumbo de la conversación—. ¿Cómo te trata la vida? ¿A qué te dedicas ahora?

Y por «ahora» me refería precisamente a eso, ahora, no el día anterior o la otra semana, dado que Alex solía cambiar de trabajo casi trimestralmente, como poco, alegando que se aburría rápidamente de sus quehaceres, como si los demás seres humanos nos levantásemos todos los días a las seis de la mañana pensando: «¡Oh, qué genial! ¡Otro día más de maravilloso trabajo! ¡Espléndido! ¿Qué sorpresas me deparará el día? ¡No puedo esperar para subir al maloliente metro atestado de gente e ir al curro!».

¿Pero habría servido de algo decírselo? No. Es más, había sido uno de los temas por los que discutíamos a menudo. Según él, no comprendía su pasión, sus ansias de descubrir nuevos horizontes que explorar, sus... sus tonterías, básicamente.

—Tengo una empresa.

—¿Cómo dices?

Me incliné sobre la mesa. Estaba segura de haber escuchado mal.

—En la empresa ofrecemos cursos de surf para turistas y residentes que quieren iniciarse en ese deporte —detalló en un tono extrañamente profesional—. Y me gusta. No sabes cuánto. Te sorprenderá saber que abrí la empresa dos meses después de nuestra ruptura y... sigue en pie. El negocio no podría ir mejor.

Fruncí el ceño. Tenía que ser una broma.

—¿Puedes volver a explicármelo todo?

Alex rio, satisfecho ante mi desconcierto.

Pues vale, pues bien por él. Tenía una empresa de surf, ¿y...? Yo era editora de un prestigioso sello editorial. Pasaba veinte horas al día leyendo estúpidas novelas de amor que llenaban de fantasías y mentiras la cabeza de miles de mujeres inocentes.

Nota mental: ¿Cuántas vidas habría arruinado por culpa de las novelas que publicaba? ¿Cuántas mujeres ingenuas estarían en ese momento abrazando uno de esos libros, con lágrimas en los ojos, mientras miraban a sus incompetentes maridos tirados en el sofá con una cerveza en la mano?

—Ahora vamos a expandirnos. Hemos decidido abrir una tienda enfocada a los deportes acuáticos. Así podremos recomendar a los clientes nuestros propios artículos. Todavía estamos buscando un local adecuado, pero la cosa marcha bien.

Proseguí comiendo, masticando lentamente el desayuno, temiendo que me saliese una úlcera o algo parecido. Pero me alegraba por él, ¡claro que sí! Era genial que Alex hubiese seguido adelante tan fácilmente. Estupendo. Solo había tenido que eliminarme de su vida para que todo le fuese a las mil maravillas.

—Emma, ¿estás bien?

—Sí, claro, genial.

—¿Qué opinas? Di algo al menos.

—Oh, cierto. —Me tapé la boca para tragar—.

Creo que es increíble. Te lo mereces, en serio. Me alegro mucho por ti.

Alex dejó a un lado su servilleta y se recostó sobre el respaldo de la silla. La brisa del mar sacudía su cabello oscuro y el sol había sacado a relucir algunas pecas alrededor del contorno de su nariz que le daban un aire travieso.

—No estás pestañeando.

—¡Por supuesto que sí!

Batí las pestañas rápidamente y Alex rio. Tenía una sonrisa perfecta, sincera, de esas que nacen de un modo natural y que van acompañadas de una mirada significativa. No se trataba de su irresistible sonrisa, aquella que ensayaba de buena mañana frente al espejo, sino de la verdadera, la que tiempo atrás solía dedicarme cada día.

—Deberías haber creído en mí —comenzó a decir, mostrándose más serio de lo que era habitual en alguien tan despreocupado como él—. Yo siempre te apoyé en todo. En todo —repitió perdido en sus pensamientos.

—¡Yo creía en ti! —protesté—. Es decir, casi siempre. No era fácil, ¿vale? Cambiabas de opinión constantemente, tenías ideas nuevas cada semana...

Nos quedamos en silencio, incapaces de continuar hablando. El camarero trajo otra cestita de pan y la depositó delicadamente sobre la mesa.

No sé cuánto tiempo estuvimos allí, sin decirnos nada, sin mirarnos, sin tocar el pan recién horneado, tan solo observando el ondulante mar y escuchando el sonido de las olas rompiéndose en la orilla.

En un momento dado, advertí que me sentía relajada a pesar de que Alex estaba frente a mí y, durante unos segundos, creí vislumbrar cómo hubiese sido mi vida si todavía continuásemos juntos, pasando unas idílicas vacaciones en la costa, tan solo nosotros dos...

—Entonces, ¿tú estás bien? —Sus palabras me sobresaltaron, sacándome de mis ensoñaciones. Sus ojos se clavaron en los míos—. ¿De verdad?

Me esforcé por pestañear.

—Sí. Estoy perfectamente.

4

(ANTES) MI HÉROE

No tardé demasiado tiempo en darme cuenta de que Alex era especial para mí. Cada vez que venía a casa, me sonrojaba. Y no solo cuando aparecía por la puerta con esa actitud canalla que parecía haber copiado de alguna película cutre a lo *Grease*, sino incluso en el mismo momento en el que mi hermano hablaba de él, por ejemplo. Bastaba eso, que él dijese «Mañana Alex se pasará por aquí por la tarde» para que mis mejillas adquiriesen el color de las sandías.

Por supuesto, cada vez que Alex se dejaba caer por allí, me ignoraba como si fuese menos interesante que la cagarruta de una mosca. Decir que para él era «invisible» sería quedarme muy corta; normalmente, cada vez que me oían subir al piso superior, cerraban la puerta de la habitación con pestillo. Si intentaba sentarme con ellos en el sofá cuando jugaban a la consola, Travis me pedía «sutilmente» que me largase gritándome un «Pírate, enana». Y, en una ocasión, me pillaron haciéndoles fotografías con la cámara que mi abuela me había regalado las Navidades anteriores y Alex empezó a reírse como si la situación le pareciese de lo más graciosa, aunque, por el contrario, mi hermano estaba enfadado.

A pesar de todo, cuando tenía trece años, mis esperanzas aumentaron tras un episodio que ocurrió delante de mi casa. Nuestro vecino, que se llamaba Frank Willes y era un tanto repelente, empezó a burlarse de mí y de mi pelo, asegurando que tal como lo llevaba parecía un chico, razón por la que me llamaba «Emmanuel». Para mi desgracia y vergüenza, debo admitir que tenía un poco de razón, porque mi querida madre había decidido cortármelo ella misma en el garaje, asegurando que «había aprendido la técnica leyendo una revista», y el resultado final era bastante similar a llevar un casco militar en la cabeza.

Alex estaba esperando a mi hermano en la puerta de casa porque habían quedado para ir a dar una vuelta, apoyado en su motocicleta como si protagonizase un anuncio de desodorante masculino, y escuchó que Frank empezaba a canturrear al grito de «Emmanuel, Emmanuel, Emmanuel...». Sin mediar una palabra, se dirigió hacia nosotros y lo cogió del brazo para arrastrarlo unos metros más allá.

No sé qué le dijo exactamente, pero sí sé que durante dos cursos consecutivos Frank se comportó como si fuese un eficiente sirviente y yo la mismísima reina de Inglaterra.

Poco después de que ocurriese aquel incidente, Alex se marchó a la universidad. Cinco años más tarde, yo también seguí ese mismo camino y me mudé a Nueva York.

5

RELAX. CALMA. CONTROL

No volví a ver a Alex durante los siguientes cuatro días. Fue como si todo lo ocurrido, el encuentro en aquel local caribeño y el desayuno a la mañana siguiente, nunca hubiese sucedido realmente. ¿Me estaba jugando una mala pasada mi desbordante imaginación? Aunque parecía plausible que me hubiese vuelto loca, estaba segura de que llegados a ese punto Elisa me habría dado una torta para hacerme despertar de mi letargo y comentar después: «Lo siento, tenía que hacerlo. Era necesario». Pero a lo que iba: Alex se había esfumado. La sensación de pérdida me resultaba familiar. Aunque no me importaba que hubiese desaparecido. En absoluto. Para nada. Cero resentimientos. Ce-ro. Todo era mucho mejor así, ¿no?

—¿Por qué no vamos a esa cala que nos recomendó la chica de la oficina de turismo?

Hannah comenzó a revolver los múltiples papeles que había sobre la diminuta mesa del salón. Se había apropiado de tantos folletos en tan solo seis días, que parecía probable que las imprentas de todo el país se hubieran colapsado por el exceso de trabajo.

—Te prohíbo que cojas más propaganda turística —dije en tono amenazante—. Y, además, esa cala está a más de media hora a pie, ¿quieres que te salgan manchas por caminar bajo el sol?

—¡Oh, no, claro que no! —Hannah se llevó una mano al pecho—. Cogeremos un taxi. Y luego podemos comer en el restaurante que anuncian en esta revista. Aquí dice que Madonna y otros famosos suelen ir allí.

—No todas somos millonarias —le recordó Elisa.

—Querrás decir billonaria. Con «b» —corregí.

Hannah nos mostró su radiante sonrisa.

—No os preocupéis. Yo invito.

Por primera vez en mucho tiempo, ella estaba en lo cierto. Hacía un calor sofocante y hubiese sido una tortura ir a pie hasta aquella maravillosa cala. Porque sí, era increíble. Tenía una forma ligeramente ovalada y estaba delimitada a ambos lados por irregulares rocas bañadas por la espuma de las olas. Incluso estando a una distancia considerable, se percibía que el agua era totalmente cristalina. Lástima que a nadie se le hubiese ocurrido plantar unas cuantas palmeras aquí y allá para darle un toque de color.

En cuanto colocamos las toallas sobre la arena, advertí la presencia de numerosos surfistas que practicaban giros imposibles entre las olas. Mala señal. Tampoco quería ser paranoica, sabía que el surf era uno de los deportes más populares de la zona. El hecho de que en aquella cala no cupiese ni una maldita tabla más no significaba nada.

Me obligué a pensar en el restaurante donde más

tarde comeríamos. Si Madonna solía ir por allí de vez en cuando, no parecía descabellada la idea de que Brad Pitt se dejase caer así de pasada, aunque fuese para picar unas cuantas aceitunas. «¿Le gustarían a Brad las aceitunas o era más de frutos secos?» Me obligué a no seguir divagando y abrí la bolsa llena de cosas que habíamos traído.

Gasté más de la mitad de la crema protectora, untándome todo el cuerpo con esmero. Si pretendía codearme con famosos, debía empezar por evitar las manchas. Era una regla básica. Por desgracia, tardé un poco en darme cuenta de que no se absorbía. Daba igual lo mucho que frotase, seguía teniendo las piernas blancas, repletas de la pegajosa sustancia, y no quería ni imaginar en qué estado se encontraría mi cara. Me giré para observar a Hannah, totalmente estirada sobre la toalla de playa como una diosa griega, impecable. Su piel debía de tener una porosidad especial y sí podía absorber la crema.

—Tienes que intentar encontrar el equilibrio, ¿entiendes? —dijo una voz a mi espalda. No me resultó familiar. Tenía que calmarme, ¡seguro que había cientos de empresas de cursos de surf cerca de Los Ángeles, por favor!

«Control. Relax. Emma, céntrate», me repetí.

—En cuanto me distraigo termino en el agua.

—Concéntrate en tu cuerpo y no pienses en nada más.

¡Mierda! Esa voz, mucho más ronca que la anterior, sí la conocía perfectamente.

Intentando no hacer ningún movimiento brusco, como si estuviese en plena misión ultrasecreta para el gobierno, conseguí coger las gafas del bolso y ponérmelas disimuladamente. Una vez estuve segura de que no podría reconocerme (es el inmenso poder que tienen unas simples gafas de cristales oscuros), ladeé la cabeza y di con él.

Primeros datos que cacé al vuelo:

Uno, Alex no llevaba camiseta.

Dos, hablaba con una chica rubia de metro ochenta. Impresionante. Algunas modelos eran adefesios a su lado y sus pechos eran redondos y perfectos.

Tres, ¿por qué no llevaba camiseta? Era incapaz de apartar los ojos de su ombligo. Estar en la playa, a treinta y pico grados, no era una excusa aceptable.

Cuatro, ¿qué narices hacía hablando con esa... esa... modelo? ¿Y por qué ella se reía tontamente mientras le tocaba el brazo?

—Emma, ¿estás bien? —Elisa se incorporó, al tiempo que apartaba la camiseta que minutos atrás se había puesto sobre el rostro para protegerse del sol. Hannah también abrió los ojos y se ahuecó la zona del escote con una elegancia admirable.

—Sí, perfectamente. Como una piña fresca.

—¿Como una piña fresca? —Elisa me miró alucinada—. ¿Y por qué demonios hablas en susurros?

Maldita sea, siempre acababa pillándome. Me hacía sentir como si estuviese subida al estrado de la Corte Suprema y fuese juzgada por haber atropellado accidentalmente a un inocente gatito que jugaba por la calle intentando cazar una mariposa. ¿Queréis saber cuánta gente sufre accidentes de coche por intentar esquivar animales? ¿No? Mejor, porque no tengo ni idea y no me apetece seguir inventándome más estadísticas.

—¿Ese chico de allí no es Alex? —preguntó Hannah señalándolo con el dedo.

¿Por qué? ¿Por qué? ¡Un poco de compasión!

—Sí, pero no digas na...

—¡Alex!, ¡Alex, aquí! —gritó como si estuviese loca.

Os aseguro que el tono de su voz era tan agudo como el de la sirena de una ambulancia. Al menos, el cincuenta por ciento de los bañistas nos miraron. Y, por supuesto, Alex incluido.

En cuanto se giró, mostró su sonrisa irresistible. La falsa.

La modelo rubia que tenía al lado frunció el ceño cuando él le dio la espalda y comenzó a caminar hacia nosotras. Intenté frotarme las piernas, con la esperanza de que la crema desapareciese mágicamente, pero era inútil. Por lo visto, había que estudiar ingeniería para saber cómo narices ponerse el protector solar.

Después, todo sucedió muy rápido.

Hannah lo abrazó. Alex hizo una mueca de asco y pareció esforzarse por no vomitar sobre su hombro. Cuando le tocó a Elisa el turno de saludar, le estrechó la mano con decisión. El apretón duró una eternidad, mientras ambos se retaban con la mirada como si fuesen dos altos ejecutivos de la competencia luchando fervientemente por cerrar el contrato de sus vidas.

«Relax. Calma. Control.»

Cuando fijó la vista en mí, sonrió (seguramente porque parecía un bote andante de crema solar), y me acarició la cabeza cariñosamente, como si fuese un buen perro obediente. Estuve a punto de ladrar «¡guau, guau!», para hacer la gracia, pero conseguí mantenerme en silencio, porque una de las cosas que más me sorprendió de aquel encuentro fortuito fue que Alex se mostró educado con mis amigas. Siempre se le había dado bien fingir. Era un actor de primera. Les explicó a Elisa y a Hannah lo que estaba haciendo allí, todo el rollo de su increíble empresa, blablablá. El hecho de que la vida le iba fantásticamente bien, blablablá. El detalle de que se estaba tirando a una rubia que tan solo tenía curvas en los pechos, blablablá.

Vale, eso último no lo dijo, pero tampoco hacía falta ser Sherlock Holmes para deducirlo. Y no era de mi incumbencia. No me importaba ni un uno por ciento.

Cuando propuso que participásemos en el curso de surf que estaba a punto de empezar, Hannah estuvo a un paso de llamar al Pentágono para que lanzasen fuegos artificiales. Ignorando su bendita inocencia, ¿no era un poco desleal que adorase al hombre que me había destrozado el corazón? Al menos Elisa se tomó la molestia de preguntar mi opinión antes de aceptar el plan, cosa que terminamos haciendo. De inmediato, Alex empezó a explicarnos detalladamente en qué consistiría la clase de iniciación, pero hizo una pausa cuando la modelo se acercó y posó sus largos dedos sobre el hombro de mi prometido.

Perdón. Exprometido. Lo que sea.

—¿Cuándo empezamos la clase, profe?

Escuchad, en la vida existen muchas maneras diferentes de pronunciar la palabra *profe*, que según indica mi diccionario corresponde al diminutivo cariñoso de «profesor». Bien, llegados a este punto de comprensión, *profe* puede sonar como «¡Venga, va, profe, déjanos salir cinco minutos antes!», a modo de súplica. O estilo «¡Jo, este profe es un pelmazo!», intentando mostrar hastío. Y luego se conoce que hay una variable que se pronuncia con un timbre ligeramente aniñado que se suele utilizar en situaciones así: «Profe, he sido una chica muy, pero que muy mala. Va a tener que castigarme...». Y ese tono, justo ese, era en el que se había especializado la rubia que tenía delante.

—Samantha, en esta clase irás con Gael —le indicó, señalando a un chico que estaba unos metros más allá y llevaba el cabello a lo afro.

Juro que Samantha hizo un puchero antes de irse.

Seguimos a Alex hasta una de las casetas de madera que había al otro lado de la playa y esperamos pacientemente mientras él sacaba tres tablas gigantes de surf.

—¿No podrías darme la rosa de ahí detrás? ¡Es tan divina! —exclamó Hannah.

Oh, Dios, ¿vomitaría Alex o lograría sobreponerse?

—No. Es demasiado pequeña —dijo con calma. Me pregunté si llevaría todo un año empapándose de filosofía zen—. Y como sois principiantes necesitáis unas tablas más grandes. Quizá la próxima vez puedas coger la rosa, ¿de acuerdo? —añadió, como si mi amiga tuviese cinco años y él fuese su comprensivo padre.

—¿Y no podemos llevar trajes de neopreno? —insistió Hannah.

Alex parpadeó y se mantuvo en silencio durante unos instantes.

—No es necesario, pero si es lo que queréis... —Suspiró.

No hizo falta que dijese nada más para que mis amigas desapareciesen en el interior de aquel pequeño cuadrado de madera; yo me quedé ahí, sujetando mi tabla con fuerza, deseando que algo rompiese el tenso silencio, cualquier cosa, un platillo volante, un tiburón que se hubiese acercado demasiado a la orilla, qué sé yo.

—¿No quieres neopreno? —Negué con la cabeza. Lo

55

que me faltaba, parecer una foca delante de él—. ¿Eres consciente de que tienes la cara completamente blanca?

Alex sonrió. Casi a cámara lenta, alzó la mano y me frotó la mejilla con delicadeza, inclinándose hacia mí al hacerlo. Me temblaron las rodillas.

«Calma. Control. Relax.»

—Sí, lo sé. Leí en un artículo que era muy importante untarse bien de crema. Aunque pueda parecer excesivo, así a primera vista, es primordial si no quieres que en el futuro te salgan manchas en la piel porque...

Tragué saliva y dejé de hablar cuando los dedos de Alex rozaron mis labios. Me quedé sin aire de repente. Fue una caricia tan íntima, tan pequeña...

—También tenías crema en la boca —explicó antes de apartar la mano con brusquedad.

Pareció aliviado cuando divisó a mis amigas saliendo de la caseta, enfundadas ambas en unos profesionales trajes de neopreno. Los cuatro nos dirigimos hacia el agua caminando por la arena y, entre gritos y protestas (estaba fría), terminamos llegando a una zona con cierta profundidad.

Punto uno: hacer surf no es una tarea sencilla.

Punto dos: fui la única de las tres que no logró subirse a la dichosa tabla.

Punto tres: a Alex parecía divertirle que fuese una zopenca.

—Emma, tienes que tratar de incorporarte con un solo movimiento —me repitió—. Procura caer con los dos pies a la vez, uno delante y otro detrás, pero sin empujar la tabla.

Tanto Elisa como Hannah estaban algo más alejadas y habían entablado una conversación con Gael, que daba clases a otro grupo de principiantes.

—¿Y no puedo simplemente tumbarme sobre la tabla? —le pregunté, sujetándome al extremo y moviendo los pies bajo el agua como si estuviese en una bicicleta. Siempre había oído que era bueno para la circulación.

Alex desapareció de mi vista cuando se sumergió en el agua. Pasados unos segundos de espeluznante calma, su mano me rodeó un tobillo y me arrastró hacia abajo con fuerza. Por puro instinto, me abracé a su cuerpo como un pulpo antes de lograr salir de nuevo a la superficie y tomar una gran bocanada de aire.

Estaba rodeándole el cuello con los brazos y su rostro se encontraba tan cerca que podía distinguir cada una de las gotitas de agua que pendían de las negras pestañas que enmarcaban sus ojos azules. Me obligué a respirar al tiempo que bajaba la mirada hasta observar aquellos labios tan... tan... perfectos. ¿Cómo era besar a Alex? Ya apenas podía recordar esa sensación con total exactitud, aunque estaba casi segura de que primero venía un cosquilleo, seguido de un calor sofocante y una sensación de urgencia.

Cuando sus manos descendieron hasta acariciarme el estómago y la cintura, tomé consciencia de la electrizante emoción que seguía despertando en mí y lo solté de golpe. Alex me miró fijamente y respiró hondo.

—¿Sabes que las probabilidades de que te ataque un tiburón son de una entre once millones? —dije y reí con nerviosismo, al tiempo que me agarraba a la tabla de surf como si fuese mi salvación.

Él estiró la mano y me apartó del rostro un mechón de cabello.

¿Por qué me hacía aquello? ¿Por qué...?

—¿Qué haces más tarde? Tengo algunas cosas tuyas por casa que me llevé por error y me gustaría dártelas, ya que estás por aquí...

Nota mental: Odiaba mucho y muy fuerte a Alex Harton.

Intenté sonreír, porque la otra opción que me quedaba era echarme a llorar como una niña pequeña. Le di un puñetazo amistoso en el hombro. Si él era buen actor cuando estaba delante de mis amigas, yo me merecía el Óscar.

—Sí, claro. Por supuesto. Quiero recuperarlas.

Pequeñas gotas de agua se escurrían por su frente.

—¿Te vendría bien que pasase a recogerte sobre las siete? Hoy tengo turno doble y acabaré más tarde.

Comencé a subirme a la tabla de surf con cierta dificultad, sintiéndome como una morsa intentando alcanzar las rocas. Menos mal que no me había puesto el neopreno.

—Sí, me parece bien —contesté al tiempo que me enzarzaba en una batalla campal contra la gravedad para lograr sentarme sobre la maldita superficie y distanciarme de él todo lo posible—. Estarás ocupado castigando a Samantha —añadí en un susurro.

—¿Qué has dicho? —Me miró ceñudo.

—Oh, no, nada. —Sonrisa falsa en tres, dos, uno...—. A las siete estaré lista.

6

(ANTES) AMORES PLATÓNICOS

No fue hasta que estaba a punto de terminar la carrera cuando nos encontramos de nuevo en un local cerca de Queens, en Nueva York. Al verlo sentado en una de las mesas del fondo riendo junto a un grupo de amigos, me dio un vuelco el corazón. Escuché el sonido de su risa alzándose y pensé que podría haberla reconocido en cualquier parte. Supe en ese instante por qué no me había enamorado de ninguno de los chicos con los que había salido durante aquellos años de universidad; era simple: porque no eran él. No eran Alex. A veces hay personas que, sin razón aparente, se te cuelan bajo la piel y da igual cuánto intentes arrancarlas de ahí, es inútil; esa certeza me atravesó mientras daba un paso tras otro, cada uno de ellos acercándome más a ese chico de mirada despreocupada y sonrisa inquieta. Frené en medio del local.

—No puedo —susurré.

—¿Qué te pasa? —Elisa frunció el ceño.

—Que no puedo. Está ahí. Es Alex.

—¿Alex? ¿«Tu Alex»? —preguntó Hannah.

«Mi Alex», sí, qué bien sonaba, aunque tuviese muy poco de cierto. Les había hablado de él años atrás, durante una noche en la que las tres nos emborrachamos tumbadas en el césped de un barrio cualquiera de la ciudad. Yo estaba triste, porque de nuevo había fracasado en una de mis últimas relaciones, la que más me duró, y no dejaba de intentar descubrir por qué nadie me hacía sentir ese vuelco en el estómago que te deja casi sin aliento y que, en cierto modo, echaba de menos.

—Parecía perfecto —dije con un suspiro.

Elisa bebió directamente un trago de la botella.

—Y entonces, ¿cuál es el problema, Emma?

—No hay chispa. Y el sexo es... aburrido, soso.

Hannah se rio, tumbada a mi lado, y suspiró.

—¿Cómo sería tu chico ideal? —me preguntó.

Y el rostro de Alex apenas tardó un segundo en cruzar mi cabeza. No era solo porque fuese uno de los hombres más atractivos que había conocido en mi vida, sino porque era especial; tenía facilidad para conseguir que los demás sonriesen a su alrededor y, a diferencia de mí, nunca se tomaba la vida demasiado en serio. Cuando venía a casa cada vez que quedaba con mi hermano, siempre se mostraba relajado y sus ojos poseían un brillo misterioso que hacía que una desease sumergirse en ellos.

Así que esa noche no dudé. Les hablé de él, de la manera despreocupada que tenía al caminar y de lo largas que eran sus zancadas, de que sabía que no soportaba la mermelada de arándanos y que siempre llevaba el pelo despeinado, de que le encantaban las motos, las películas de acción y los palitos de regaliz.

Me había llevado todos esos recuerdos conmigo cuando me marché a Nueva York y, años después, era evidente que no me había deshecho del todo de ellos, porque regresaron de golpe al verlo. Noté que empezaban a sudarme las palmas de las manos.

—Oh, tienes que ir a por él —dijo Elisa.

—¡Esto es el destino! —Hannah sonrió.

Yo estaba tan nerviosa que lo único que deseaba era desaparecer. Sin embargo, quizá por lo alelada que me sentía, apenas opuse resistencia cuando Elisa me cogió decidida de la mano y me instó a seguirla caminando un poco a trompicones por culpa de los tacones que me había puesto aquella noche.

Al pasar por su lado no me atreví a saludarlo e intenté seguir hacia delante fingiendo no verlo, así que Elisa, siempre tan táctica, actuó sin pensárselo dos veces y me dio un fuerte empujón lanzándome sobre él. Supongo que, al menos, debí «impactarlo», literalmente hablando.

Pasados unos instantes de confusión, me reconoció como la acosadora hermana de su mejor amigo.

Sonriendo, me invitó a una copa.

No sé muy bien cómo, porque al principio apenas me salía la voz y seguramente parecía una chiflada, pero empezamos a hablar del lugar en el que nos habíamos criado, de recuerdos y anécdotas, hasta que, conforme pasaron las horas, nos dimos cuenta de que llevábamos toda la noche charlando sin parar y que estaban a punto de cerrar el local.

7

SER COMO UNA URRACA

Por la tarde, Alex llegó a las siete y veinte. Impuntual, como de costumbre. Él sabía lo mucho que me molestaba; estaba segura de que lo hacía a propósito, por el simple placer de palpar la tensión que se acumulaba en mis hombros a cada minuto que pasaba o tan solo para demostrarme que lo último que tenía era prisa por verme.

En cuanto abrí la puerta, intenté encontrar en su rostro algún signo esclarecedor que me indicase si se había pasado las últimas horas practicando sexo desenfrenado con una modelo rubia de metro ochenta.

—¿Qué estás mirando?

Caminamos hacia su dichosa moto.

—Nada. ¿Qué tal el trabajo? ¿Muy agotador?

—Sí, desde luego.

Y entonces hizo algo que tiempo atrás odiaba pero que, por alguna misteriosa razón, en ese momento provocó que se me empañasen los ojos. Movió el cuello a un lado y después al otro, destensándolo, y luego estiró los brazos en alto.

Vale, sí, era una soberana tontería, pero ese gesto envolvía muchas cosas. Lo relajaba y siempre solía hacerlo antes de sentarse en el sofá, al caer la noche, cuando por fin nos quedábamos a solas, hablábamos, nos reíamos de tonterías y planificábamos lo que haríamos el siguiente fin de semana, a pesar de que jamás llegábamos a cumplir ninguno de esos elaborados planes.

Subí en la moto y Alex siguió al pie de la letra lo acordado, evitando circular a más de treinta kilómetros por hora. Cuando paramos en un semáforo en rojo, giró la cabeza hacia mí, y yo me estremecí al ver la incipiente barba recubriendo su mejilla. Recordé lo agradable que era besarlo, besarlo por todas partes: en la nariz, en la mandíbula, en la frente..., y reírme mientras lo hacía antes de acabar tumbados en el sofá.

—Puedes sujetarte, Emma.

—¿Sujetarme a qué?

—A mí. —Cogió mis manos y rodeó con ellas su cintura—. ¿Te sientes más segura? Quizá así podamos ir a más de treinta, ¿no te parece?

No, no me lo parecía. Pero como si tuviese dos personalidades en un mismo cuerpo, contesté:

—Vale. Puedo probar a ver qué tal...

Alex fue acelerando poco a poco, progresivamente, sin cambios bruscos. En un momento dado, cerré los ojos y me deleité con el aire, que olía a sal y a mar y acariciaba mi rostro a causa de la velocidad. Era liberador. Creo que, durante diez placenteros minutos, no pensé absolutamente en nada.

Tan solo cuando el ruido del motor se extinguió, advertí que habíamos llegado a nuestro destino. Permanecí un largo minuto sentada sobre la moto, sin soltar a Alex, admirando la acogedora casita blanca que teníamos enfrente. Era similar a las otras viviendas que formaban una línea recta frente al paseo y apenas unos metros de distancia la separaban de la arena de la playa. Tenía las ventanas de madera pintadas de un color azul pastel y una fina cortina blanca ondeaba en el ventanal del piso superior.

Yo siempre había soñado con tener una casa así. Se lo había repetido a Alex desde que tenía uso de razón; es más, solíamos fantasear con que, tras unos cuantos años de duro trabajo, dejaríamos atrás el ajetreo de Nueva York para mudarnos a la otra punta del país y vivir tranquilamente frente a la costa, bajo el brillante sol. Bueno, visto desde un punto positivo, al menos uno de los dos había logrado cumplir «nuestro» sueño.

—¿Qué te parece? —Alex bajó de la moto y las llaves tintinearon entre sus dedos.

—Es preciosa —admití, muy a mi pesar.

Él sonrió, pero la alegría no llegó a sus ojos.

Entramos en la casa. Apenas había muebles, tan solo los estrictamente necesarios. Los colores eran claros; grises, blancos y algún toque de azul no demasiado estridente. Alex esperó mientras analizaba el salón, observándome con cautela desde la puerta de lo que parecía ser la cocina con la cadera apoyada sobre el marco de madera.

—¿Quieres beber algo?

—No, gracias.

—Vale. Subamos. Tus cosas están arriba.

Lo seguí por las escaleras, intentando no mirarle el culo, hazaña complicada dado que lo tenía justo enfrente de las narices y era bastante tentador. Respiré hondo cuando Alex empujó la puerta de lo que parecía ser una especie de trastero. Se hizo a un lado, dejándome pasar, y abrió las ventanas, permitiendo que la escasa luz del atardecer se colase en la estancia. Señaló algo a mi derecha.

—Son esas cajas —comentó.

Había tres cajas de cartón marrón que se me antojaron tremendamente tristes, como si tuviesen vida propia. En una de ellas destacaba un paquete rectangular, envuelto en papel de regalo de un rojo brillante y con un vistoso lazo dorado. Estaba a punto de cogerlo como la urraca que era cuando Alex se me adelantó.

—Esto estaba ahí por error —explicó y luego depositó el misterioso regalo encima de una balda de la estantería de madera.

Volví a fijar la mirada en las tres cajas de cartón, distinguiendo un par de prendas de ropa que me pertenecían, varios libros, algunos recuerdos...

—¿Sabes? En realidad, sí que me apetecería beber algo. Cualquier cosa que lleve alcohol, a ser posible.

Alex sonrió.

—Claro, ahora soy especialista en preparar mojitos.

—Oh, genial.

Asintió con la cabeza.

—Tú quédate aquí... echándoles un vistazo a todas esas cosas... —Se rascó la nuca, parecía incómodo—. Supongo que algunas querrás tirarlas, no lo sé.

—Ajá. Vale, gracias.

Me senté en el suelo en cuanto Alex bajó a preparar los mojitos. Saqué una camiseta blanca, de cuello ovalado, que tiempo atrás había sido de mis favoritas. Después le siguieron varios libros e incluso una fotografía de Cereza. Parecía feliz. Miraba a la cámara con sus pequeños ojillos negros mientras sujetaba entre las manitas una pipa.

Oh, Dios, no podía con aquello.

Suspiré hondo y alcé la vista hasta toparme con el resplandeciente regalo. Estaba segura de que era para Samantha. ¿Qué sería...? Seguramente un conjunto de Victoria's Secret, a juego con un corsé de cuero de la talla cero. O un traje de colegiala, con la corta faldita a cuadros, la escotada camisa blanca anudada a la cintura...

—Pruébalo, a ver qué te parece.

Alex colocó un mojito delante de mi rostro y lo cogí con manos temblorosas. El dichoso asunto del regalo me había puesto muy nerviosa. Me metí la pajita en la boca y le di un trago largo, acabándome casi la mitad de la copa. Sí, lo necesitaba.

—Mmm. Increíble.

—Gracias. —Alex se sentó a mi lado, en el suelo, y cogió la fotografía de Cereza que había estado observando minutos antes—. ¿Podrías decirme al menos cómo murió?

Lo miré de reojo sin dejar de sorber por la pajita.

—Creo que se atragantó con una pipa. Fue por la tristeza.

Él asintió. Cuando me terminé el mojito, señalé el maldito regalo de Samantha.

—¿Para quién es?

No me malinterpretéis, estaba cien por cien segura de para quién era, pero nunca está de más tener una confirmación de primera mano.

Alex apartó la mirada y dejó su vaso a un lado.

—No es para nadie. No tiene importancia.

—¿Cómo puede un regalo no ser para nadie?

—Fruncí el ceño—. Si lo que pasa es que no quieres decírmelo, prefiero que lo admitas directamente.

Él me miró sin pestañear.

—Tienes razón. No quiero decírtelo. ¿Te vale eso, Emma?

—Sí, claro. —Me encogí de hombros, pero cuando Alex se levantó y salió de la habitación, lo seguí escaleras abajo. No estaba segura de qué me ocurría, era como si ese mojito fuese un cóctel molotov—. ¿Por qué no quieres decírmelo?

—¡Joder, siempre haces lo mismo! —Se quejó mientras entrábamos en la cocina—. Me acabas de decir que lo entendías.

—¡Y lo entiendo perfectamente! —protesté—. Solo quiero saber para quién es...

—No. —Se acercó a mí. La vena de su cuello se tornó más palpable—. Lo que quieres es volverme loco. Es lo que has deseado desde el día que nos conocimos. Y no me extrañaría que tuvieses apuntados los pasos a seguir en tu jodido diario.

—¿Intentas decir que estoy chiflada?

Alex apoyó los puños cerrados sobre la repisa de la cocina. Tardó una eternidad en darse la vuelta, alzar el mentón y clavar sus ojos en los míos. Estaba furioso.

—Sí. Creo que eso es exactamente lo que pretendía decir.

¿Probabilidades de que el mundo estallase en mil pedazos en ese preciso instante? ¡Mil! ¡Mil millones! Podía sentir la rabia revolviéndome el estómago mientras respiraba agitada.

—¿Cómo te atreves? Me destrozaste la vida. Te marchaste sin previo aviso. ¿Sabes cómo me sentí mientras llamaba a más de trescientos invitados para comunicarles que la boda se cancelaba? ¿Tienes idea de lo mal que lo pasé? ¿Te has parado a planteártelo en algún momento de tu nueva y maravillosa existencia? No, ¡claro que no! Estás demasiado ocupado dando cursos de surf a estúpidas colegialas.

—¿Qué? ¿Qué demonios...? —Alex golpeó la repisa con el puño. Vale, ahora sí estaba enfadado. Y me alegraba por ello. Se lo merecía—. ¡Tú tuviste la culpa de todo! ¡No dejabas de cabrearte por cualquier cosa! ¡Te volviste loca planificando esa maldita boda! Lo único que recuerdo es que estaba tranquilo en casa, haciendo la cena, cuando llegaste hecha una furia por no sé qué historia del traje de novia. ¡Empezaste a discutir porque no había metido una puta lechuga en la nevera! —Respiró hondo, intentando tranquilizarse—. Me pediste que me fuese. Y aseguraste que querías cancelar la boda.

Nos miramos fijamente. La tensión era tal que no pude soportarla y terminé dándome la vuelta y caminando a toda velocidad hacia la puerta de salida, con la correa del bolso fuertemente agarrada entre los dedos.

—Emma, ¿a dónde vas?

Quería llorar.

Pero no podía permitir que él me viese hacerlo.

No, no le daría esa satisfacción.

Me sujetó por la muñeca y me zafé con facilidad, sacudiendo la mano como si me provocase alergia. Cuando, en realidad, lo que me provocaba eran muchas otras cosas: miedo, rabia, enfado, anhelo, nostalgia...

—No me toques.

Abrí la puerta y Alex me siguió.

—Deja que te lleve a casa al menos.

—No. Cogeré un taxi.

—¿Dónde? La ciudad está lejos.

Al final conseguí guardarme las lágrimas.

—No me importa. Ya se me ocurrirá algo. ·

Volví a rehuir su contacto cuando posó la mano sobre mi hombro y me obligó a darme la vuelta hasta que nuestros ojos se encontraron de nuevo. Alex cogió aire de golpe y luego suspiró, con esa mirada suya cargada de intenciones que en aquel momento no supe descifrar, porque estaba demasiado ocupada observándolo y pensando en todo lo que había perdido y ya nunca podría tener. Y no soportaba que doliese de nuevo...

—Vamos a calmarnos. Está claro que discutir jamás nos ha llevado a ninguna parte ni nos ha hecho sacar nada en claro. Sé que piensas que tuve la culpa de lo que ocurrió, pero yo estoy convencido de que perdiste los papeles. ¿Quieres que lo solucionemos de una vez por todas para que podamos seguir con nuestras vidas? —preguntó—. Acudamos a un especialista. Le contamos ambas versiones y que nos dé su veredicto. Punto.

—¿Y para qué? —farfullé.

—Para que dejes de echarme en cara que te destrocé la vida, por ejemplo. —Sus ojos parecían soltar chispas—. No pienso cargar con la culpa eternamente.

Medité durante unos instantes. A ver, era obvio quién había terminado siendo la víctima de todo aquel embrollo. Me había convertido en la novia despechada de América, cualquier loquero con dos dedos de frente comprendería el suplicio por el que había tenido que pasar. No era algo complicado, no hacía falta estudiar cinco años en Harvard para llegar a la conclusión adecuada.

—Vale. Trato hecho.

Alex soltó todo el aire de golpe.

Parecía sorprendido por mi decisión.

—Perfecto. He oído hablar de una psicóloga de la zona que es bastante buena.

Siendo mujer, me entendería en menos de cinco minutos.

Esperaba que al fin Alex fuese plenamente consciente del daño que me había hecho. Es más, esperaba que desde ese instante sufriese pesadillas terribles y su vida se convirtiese en un infierno.

¿A quién quería engañar? Me bastaría con un «lo siento», solo eso. No era mucho para compensar todas las noches que me había dormido entre lágrimas.

—Vale, como quieras.

Sonrió de lado y arqueó las cejas.

—¿Puedo llevarte a casa? Por favor, no lo pongas más difícil.

Me mordí el labio inferior mientras asentía.

Durante el camino de regreso ni siquiera lo rocé. Me sujeté a la parte trasera de la moto, ladeando el cuerpo ligeramente hacia atrás y rezando para no morir en un accidente. Era complicado mantenerme serena con Alex delante, a escasos centímetros de distancia. Una parte de mí quería hundir las manos en su pelo y acariciar su sedoso cabello con delicadeza; siempre me había resultado extrañamente excitante. Sin embargo, la otra parte quería tirarle del pelo hasta dejarle la coronilla pelada.

Quizá él tenía razón. Quizá estaba loca.

8

(ANTES) UNA NOCHE PERFECTA

Una semana más tarde, me llamó para preguntarme si quería acompañarlo a un concierto de rock, asegurándome que tenía dos entradas y nadie con quien compartirlas. Era un grupo poco conocido que tocaba en un local de aspecto alternativo. Me avergüenza reconocer que no recuerdo ninguna de las canciones, porque estaba demasiado ocupada mirando a Alex embobada, sin dejar de preguntarme qué hacía allí con él, pero sintiéndome feliz mientras él alzaba el botellín de cerveza con despreocupación o repiqueteaba con el pie en el suelo al ritmo de la música.

—¿Por qué me has invitado a venir? —pregunté cuando el concierto terminó y las calles frías de Nueva York nos recibieron.

Me abroché el último botón del abrigo y, al alzar la cabeza y chocar con su mirada, me quedé sin aire.

Alex sonrió.

—Somos amigos, ¿no?

Nunca lo habíamos sido.

—Supongo —susurré.

—Te acompaño a casa.

En cuanto pusimos rumbo al apartamento que compartía con Elisa, empecé a ponerme nerviosa. No dejaba de pensar en lo bien que olía, en la seguridad que imprimía en cada paso que daba, en lo mucho que me descolocaba su presencia...

Y entonces, claro, me comporté como una pirada.

—¿Sabes que el ochenta y cinco por ciento de las mujeres utilizan sujetadores de la talla incorrecta?

Alex parpadeó sorprendido y luego, casi a cámara lenta, sus ojos se detuvieron en la zona de mi escote, pero fue algo fugaz. Carraspeó, aclarándose la garganta.

—Un dato muy interesante.

—Sí. Y el trece por ciento de la gente se come las pepitas de sandía.

—Emma, ¿te encuentras bien?

—Mucho. Muy bien. Genial.

Alex se echó a reír. Fue una carcajada que llenó la calle en la que nos encontrábamos y todavía no se había extinguido del todo cuando deseé escucharla de nuevo.

A partir de ese momento, él llevó el ritmo de la conversación. Me habló de los años que había pasado en la universidad estudiando, de la amistad con mi hermano, que aún conservaba a pesar de que se veían tan solo un par de veces al año, pues Travis se había ido a recorrer Europa, de la empresa en la que trabajaba como comercial y que pensaba dejar en breve aunque parecía un buen empleo. Habló de todo, y yo escuché encantada hasta que llegamos al portal del edificio en el que vivía.

—Gracias por esta noche. Lo he pasado genial.

Alex me miró fijamente y me di cuenta de que había algo en su forma de hacerlo que me hacía temblar, «algo» que no había estado ahí hasta entonces.

—Me alegro. Buenas noches, Emma.

—Buenas noches, Alex. —Él no se movió. Un silencio incómodo nos envolvió y empecé a notar cómo se me aceleraba el corazón. Abrí la boca, incapaz de contener las palabras o de dar media vuelta y subir las escaleras hasta el tercero en el que vivíamos. Pero, como siempre, el impulso ganó—. ¿Sabes que se calcula que ahora mismo, en el mundo, un siete por ciento de la población está borracha?

Él sonrió lentamente. Muy lentamente.

—Deberíamos unirnos algún día.

—¿Unirnos? —Jadeé.

—Emborracharnos.

—Ah, eso. Claro. Cuando quieras, sí. Puedo emborracharme... en cualquier momento, ya sabes. De noche, de día..., no sé. —Cerré los ojos y suspiré hondo. Al abrirlos, él me miraba divertido—. Perdona. A veces digo cosas raras. Para ser justa, la mayoría del tiempo. No puedo evitarlo.

—No me gustaría que lo evitases.

Y sin más, sonriendo, se alejó calle abajo.

9

COMPLEJO DE BRUCE WILLIS

Elisa entró en estado de *shock* cuando le confesé mis intenciones de acudir a un loquero con Alex para demostrar, ¡por fin!, quién de los dos lo había destrozado todo. Ella estaba convencida de que todos los psicólogos eran unos parias sociales. Sabía que su odio indiscriminado estaba ligado a su trabajo como abogada. Le habían fastidiado varios casos, alegando que el paciente no era plenamente dueño de sus facultades mientras le clavaba un cuchillo al vecino de enfrente o que la señora Derow sufría bipolaridad... y, al parecer, eso anulaba su condición como asesina en serie.

Sin embargo, no me importaba lo que opinasen mis amigas (Hannah aseguró que todo lo que necesitábamos era amor, como si fuese un eslogan televisivo). Estaba dispuesta a demostrarle al mundo lo mal que lo había pasado.

Alex me recogió por la tarde con diez minutos de retraso. (¿Por qué?, ¿por qué no podía ceñirse a la hora establecida?)

Pasado un rato de tortuoso viaje, dado que no pensaba agarrarme a él, nos desviamos de la avenida principal y perdimos de vista la maravillosa costa. El camino de asfalto se esfumó, dando paso a un sendero de tierra. La motocicleta traqueteaba entre nubes de polvo que lo envolvían todo a su paso. Si no fuese porque a ambos lados había un sinfín de vegetación, hubiese jurado que nos encontrábamos en medio de un desierto.

Apagó el motor tras parar delante de una caseta de mala muerte. Vale, no era exactamente terrorífica, el desorden que se atisbaba desde el exterior tenía su encanto... si deseabas vivir como un ermitaño, claro está, o si eras un fan incondicional de *The Walking Dead*. Pero, desde luego, ese lugar no podía ser la consulta.

Miré a Alex con suficiencia.

—Te has equivocado. Nos hemos perdido.

Las comisuras de sus ojos se arrugaron al sonreír.

—Es aquí —aseguró—. Venga, entremos.

Dejándome alucinada, comenzó a caminar hacia la verja principal. La abrió sin siquiera llamar (¿allí no estaban familiarizados con la palabra *ladrones*?) y se internó en la propiedad. Temiendo que de pronto me atacase algún animal salvaje, dado que me encontraba en medio de la nada, lo seguí.

Avanzamos hacia la casa de madera. Colgados de puertas y ventanas se balanceaban hilos con pequeñas piedras que giraban movidas por el viento, brillando bajo el sol. Cada ventana estaba pintada de un color diferente. Y cada cortina de cada ventana tenía un dibujo distinto. En resumidas cuentas: no había nada que conjuntase en aquel lugar.

En lo alto de la propiedad, encaramado al inclinado techo de madera, había una veleta con forma de gallo.

Pero no se movía, no funcionaba. Y tumbado sobre una hamaca (un raído trozo de tela atado a dos postes de madera) descansaba un gato negro de ojos anaranjados que nos miraba fijamente como si nos estuviese perdonando la vida.

Esperamos pacientemente cuando Alex llamó a la desvencijada puerta de madera con los nudillos. Me parecía todo tan raro que estuve a punto de abrazarlo, admitir que él tenía razón en todo y que era un ángel caído del cielo, para segundos después rogarle que me sacase de allí.

Pero era tarde. Escuché pasos cerca de la puerta.

Me coloqué tras él. ¿Abriría un hombre con un hacha en la mano? Los cristalitos que colgaban de todas partes no dejaban de tintinear y resultaban siniestros.

Me sobresalté cuando una mujer de mediana edad abrió la puerta de golpe.

Tenía el largo cabello negro y rizado recogido y sus ojos pardos me observaron con interés, como si fuese un extraterrestre recién llegado al que debía dar la bienvenida con honores. No conocía palabra que pudiese describir adecuadamente esa especie de poncho repleto de estridentes colores, pero sí sabía que Coco Chanel hubiese puesto el grito en el cielo de haber podido verlo con sus propios ojos.

—Queridos, os estaba esperando. Pasad, pasad.

Le dirigí a Alex una mirada de súplica, pero él no pareció comprender el mensaje de auxilio, porque tan solo sonrió más abiertamente antes de empujarme para instarme a entrar. Avanzamos por un estrecho pasillo de madera hasta llegar a una habitación que bien podría utilizarse para realizar sentadas pacifistas o esconder a fugitivos. El suelo estaba cubierto de deshilachadas alfombras de colores y no logré adivinar el tono de las paredes, dado que estaban repletas de polvorientos libros mal apilados.

—Poneos cómodos —ofreció señalando el suelo, ya que no había sillas—. Los almohadones están ahí detrás. ¿Os apetece tomar algo? ¿Té? ¿Algunas pastas quizá?

Me quedé muda. Sencillamente, había perdido la capacidad de hablar.

—Vale. Un té con leche estaría bien. —dijo Alex, sonriéndole mientras cogía un almohadón de color verde pistacho y se acomodaba en el suelo con las piernas cruzadas.

Yo desperté de mi letargo y negué rápidamente con la cabeza, instantes antes de que la mujer abandonase la estancia.

Me incliné hacia Alex, hablando en susurros.

—Escúchame atentamente —dije—. Podemos escapar por la ventana. Es grande. Cabemos. Lleva las llaves de la moto en la mano, así no perderemos tiempo —añadí mientras conseguía abrir el ventanal.

Me sentía un poco como Bruce Willis a punto de hacer estallar un coche por los aires para salvar a la humanidad de un ataque terrorista.

Sin embargo, interrumpí la misión, girándome sorprendida, cuando escuché a Alex riendo a carcajadas. ¿Qué narices le parecía tan gracioso...? ¡Íbamos a morir!

—Emma, siéntate —me pidió sin dejar de reírse.

No pude seguir adelante con mi plan de huida porque la mujer entró en la habitación portando una pequeña bandeja de flores en las manos. Le tendió a Alex su té.

En ese momento me di cuenta de que, a pesar de lo mucho que lo odiaba, no quería ver cómo lo envenenaban delante de mis narices. Sí, era un imbécil de primera, pero era «mi imbécil» y habíamos compartido muchas cosas juntos.

Al volver a mi sitio, fingí que tropezaba con el borde de una alfombra y caí sobre el regazo de Alex, logrando volcar la tacita de té. «¡Bien hecho, Emma!» Ya tenía algo más que echarle en cara en un futuro próximo: me debía la vida. Acababa de salvarlo.

—¡¿Qué demonios estás haciendo?! —preguntó enfadado.

—Lo siento, ¡no ha sido a propósito! —me excusé antes de acomodarme a su lado sobre otro almohadón.

Ella se levantó para tenderle un paquete de pañuelos y Alex se limpió con cierto hastío. ¿Cómo podía no darse cuenta de que ese lugar no era normal? ¡Hasta Hannah hubiese podido deducirlo desde la puerta de la entrada!

—Bien, bueno, ya estamos todos. —La mujer se sentó frente a nosotros y comenzó a mordisquear una galleta con pepitas de chocolate—. Me llamo Hilda e imagino que Alex me llamó anoche porque ambos estáis dispuestos a llegar a un entendimiento, pero, dado que no podéis hacerlo vosotros mismos, necesitáis que os guíe en el camino hacia la luz. ¿No es cierto, Emma?

—En realidad, no la había estado escuchando. Tenía la vista fija en la ventana y había recreado varios planes de huida, pero asentí ante su pregunta de forma automática—. Bien, pues, en primer lugar, me gustaría empezar por el principio...

—Ja. Más bien deberíamos acelerar hasta llegar al catastrófico final o no terminaremos nunca esta sesión.

—Y eso es lo que hace todo el tiempo —dijo Alex, señalándome—. En resumen, ella jamás está de acuerdo con ninguna idea que no parta de sí misma. Siempre necesita meter la puntillita. ¿Me entiende, Hilda? Es como su toque personal. Cuando uno piensa que todo está en calma, ¡pum!, Emma aparece sin previo aviso y lo tira todo por la borda. Es completamente autodestructiva.

Me levanté del almohadón hecha una furia.

—¡Estás delirando! ¿Intentas hacerte la víctima delante de nuestra psicóloga? —grité.

Durante unos minutos volví a sentirme como si tuviese ocho años y Alex acabase de chivarle a la profesora algo que era mentira. En realidad, no creía que esa señora fuese una psicóloga de verdad, pero no por ello dejaría que él me definiese como su «exprometida chalada».

—Emma, por favor, siéntate —exigió Hilda con dureza—. En esta consulta no permitimos ni gritos ni gestos que connoten negatividad, como el hecho de que te levantes manteniendo una actitud amenazante.

«Estúpida hippie»

Me dejé caer de nuevo sobre el almohadón, haciéndome daño en el trasero.

—A partir de ahora, os haré algunas preguntas simples. Y, por favor, os pido que tan solo respondáis con monosílabos, es decir, «sí» o «no». —Cogió una libretita del estante antes de volver a sentarse—. Por descontado, lo mejor para ambos es que seáis sinceros.

—Eso será difícil con Emma. Vigile su pestañeo.

—¿Ve lo que hace? ¡Me saca de quicio! —protesté.

—¡SILENCIO! —bramó Hilda, abriendo los ojos de golpe.

¡Joder, daba un miedo tremendo! Mis labios estaban sellados.

—Bien, ahora que por fin he conseguido que los dos os tranquilicéis, podemos empezar. La primera pregunta es para ti, Alex. Cuando rompisteis vuestra relación, ¿seguías estando enamorado de Emma?

¡Guau! ¡Qué directa! ¡Qué cañera!

—Sí.

Su voz retumbó en la habitación, firme y contundente. No me atreví a mirarlo y mantuve la vista fija en Hilda, que apuntó algo en la libretita.

—Perfecto. Ahora, Emma, ¿tuviste algún problema con tu vestido de novia?

Eh, ¿cómo? ¿A qué venía ese tema? Fruncí el ceño.

—¿No debería preguntarme si yo también estaba enamorada de él?

Hilda dejó de mirar la libreta, alzó la cabeza y sus ojos se clavaron en los míos como dos dagas afiladas.

—Permíteme que haga las preguntas pertinentes, a no ser que tú tengas una licenciatura en Psicología por la Universidad de Stanford. Con honores —añadió, señalando con la cabeza el diploma enmarcado que había sobre una de las estanterías.

Santa mierda, ¡realmente era una profesional!

—Volveré a repetir la pregunta: ¿surgió algún problema con el vestido?

—Más o menos.

Alex puso los ojos en blanco. «Idiota.»

—¿Sí o no?

—Sí —admití finalmente.

—Bien. —Dejó a un lado el bolígrafo, cogió una pintura de color verde del estuche y volvió a garabatear sobre el cuadernillo—. Alex, ¿la boda que se iba a celebrar cumplía con tus expectativas?

—No.

—¿Podrías detallarme por qué?

—Por supuesto. En principio iban a ser...

—¡Eh, eso es trampa! ¡Solo puede hablar con monosílabos! —protesté.

Hilda suspiró con impaciencia. ¿Acaso en Stanford regalaban diplomas al comprar una vajilla o qué? Esa sesión no tenía ni pies ni cabeza.

—Yo dicto las normas, Emma. Ahora, por favor, deja que tu compañero pueda expresarse sin interrupciones.

—Lo que intentaba decir... —Alex me miró de reojo— es que en principio la boda iba a tener treinta invitados. Acordamos que sería una celebración sencilla, con un ambiente familiar tranquilo. Yo solo quería casarme con ella, ¿entiende? Me hubiese bastado con que estuviésemos tan solo nosotros dos. —Hizo una pausa tan melodramática que casi pude sentir como mi alma volvía a quebrarse en mil pedazos—. No sé qué ocurrió, pero al final Emma se las arregló para terminar invitando a más de trescientas personas.

—Trescientas doce —aclaré.

Ya que me tiraba en cara la planificación de la boda, al menos que lo hiciese con los datos correctos. Tragué saliva. Tenía un nudo en la garganta y no quería recordar todo aquello. ¿Por qué había accedido a ir a esa sesión? Ya había olvidado las razones.

—Eso, lo que sea. —Alex sacudió una mano en alto, molesto—. No conocíamos ni a la mitad de la mitad de esas personas. Había incluso compañeros de trabajo con los que se había cruzado en el ascensor en una o dos ocasiones. Y, claro, a raíz de eso hubo que cancelar también lo de celebrar la boda en un hotel de campo a las afueras de la ciudad, tal como habíamos previsto, y terminamos alquilando la típica sala gigantesca de fiesta.

Hilda asintió conmovida, como si Alex le estuviese relatando cómo le arranqué el corazón del pecho con mis propias manos para bailar una danza africana.

—Y luego surgieron muchos otros problemas: centros de flores que no combinaban, el alquiler de la iglesia, aunque inicialmente habíamos acordado que no sería una ceremonia religiosa, malentendidos con el traje de novia... Yo no me enteraba de nada. Si a todo ese estrés le sumamos que nosotros ya éramos propensos a discutir...

¿Qué DEMONIOS estaba apuntando en esa libretita?

Esperaba que fuesen cosas como: «Las palabras de Alex demuestran que es alérgico al compromiso», «Se desentendió de ella con una crueldad indescriptible y con una facilidad similar al acto de quitarse una pelusa de un suéter de lana» o «Las mujeres deberíamos mantenernos unidas en este tipo de causas».

—De acuerdo. —Hilda centró la vista en mí—. ¿Te importaría explicarme qué problemas había con el traje de novia?

Evidentemente, ese tipo de cosas no se preguntan.

—No le entraba —confesó Alex—. Faltaba una semana para la boda y ella había engordado un par de kilos.

Oh, vale, estaba en racha el jodido idiota.

—¿Es eso cierto, Emma?

—Sí, pero... —reí nerviosa— ¿qué se supone que

tiene que ver eso con... con saber quién fue el culpable...? —balbuceé.

Ah, quizá el asunto era todavía más sencillo: Alex me abandonó por gorda.

—¿Crees que tienes problemas de autoestima?

—¡No! En absoluto. —La miré indignada y luego me levanté—. Lo siento, pero esto es de locos. Creo que lo mejor será que me marche.

—Emma... —susurró Alex a modo de súplica.

—¿Te considerabas atractiva a los ojos de Alex? —prosiguió Hilda, implacable.

—¡Sí! ¡No! —grité de pie, en medio de la estancia—. ¿A usted qué le importa? ¡Me pasé media vida detrás de un tío que me veía como a una chiquilla mocosa! —proseguí, fuera de control—. No sé si se ha dado cuenta de que mi cuerpo no es el típico que puede verse en las portadas de las revistas. Y si no está completamente ciega, sabrá que él sí cumple todos los requisitos para protagonizar un anuncio de Gucci. Estuve más de medio año a dieta para poder ponerme ese dichoso vestido de novia con quinientas capas de tul. ¿Y quiere saber cuál fue el resultado final? ¡Engordé dos kilos! ¡Dos malditos kilos a base de zanahorias y apio! —Me esforcé por respirar—. ¡Y entonces me dejó! ¿Eso responde a su pregunta sobre la autoestima?

Un silencio sepulcral envolvió la estancia.

Me llevé las manos a las mejillas y advertí que, ¡oh, dios mío!, estaba llorando, ahí parada al lado de Alex y frente a una psicóloga que parecía sacada de los sesenta.

Mientras me esforzaba por limpiarme los ojos sin hacer un estropicio con el rímel, vi que Alex se levantaba del suelo e instantes después sus brazos me rodearon con fuerza. Y no quise apartarlo. Volver a sentirme a resguardo, envuelta en uno de sus cálidos abrazos, fue mucho más reconfortante de lo que recordaba. Fue calidez y seguridad.

—Alex, ¿piensas que Emma es una mujer atractiva? ¡Por Dios! ¿Acaso Hilda no se callaba nunca?

Su abrazo se volvió más fuerte y protector. Se inclinó ligeramente a un lado, sin soltarme, y sus labios rozaron el lóbulo de mi oreja. Cuando habló, su aliento me provocó un escalofrío y me temblaron las rodillas.

—Sí —respondió sin ningún atisbo de duda en la voz—. Jamás he visto a una mujer que me parezca tan atractiva como ella.

10
—

(ANTES) COMO SIEMPRE IMAGINÉ

A partir de ese concierto al que fuimos juntos, empezamos a quedar con más frecuencia. Si era de noche, Alex solía acompañarme hasta la puerta del piso de estudiantes donde Elisa me recibía al abrir la puerta. Según solía decir ella entre risas cada vez que volvía de verlo, era como vivir con una adolescente. Y puede que tuviese razón, porque me faltaba poco para empezar a dibujar corazoncitos en mi agenda y regalarle una pulsera a juego.

Una noche entre tantas otras, Alex me invitó a cenar a un local de la zona. Él se pidió una hamburguesa completa con extra de queso y pepinillos y yo, que aquella tarde había estado a punto de ponerme a gritar al ver que los vaqueros que me había comprado el mes anterior no me entraban, me decanté por la ensalada mediterránea.

—¿Estás bromeando? ¡Vamos, disfruta de la cena!

—Claro, eso es fácil decirlo con esa cara...

—¿Qué has dicho? —Arqueó las cejas.

—Nada. Que es cara. La ensalada.

Alex pestañeó, confundido, pero insistió:

—¿Por qué has pedido eso? Te había invitado a cenar en este sitio porque hacen las mejores hamburguesas del mundo y sé que son tu perdición.

«Emma, la loca por las hamburguesas. Genial.»

Tuve ganas de llorar. Me dejaba llevar tanto por esas primeras emociones que me sacudían sin control que, a veces, ni siquiera sabía qué estaba sintiendo ni por qué. En aquel momento era consciente de que no estaba siendo justa, ni conmigo ni con Alex, pero solo podía pensar en ese dichoso botón que no entraba. ¿Y por qué no entraba? Había desayunado avena y había comido apio, calabaza y lechuga sin parar. Era injusto.

—Vamos, cuéntamelo, Emma —me pidió.

Toqueteé el tenedor distraída, meditando mis opciones. Si le confesaba a Alex las ideas sin mucho orden ni sentido que se me cruzaban por la cabeza cada dos por tres, seguramente perdería cualquier oportunidad con él, pero, por otra parte, llevábamos semanas quedando como amigos, solo eso, y no parecía tener mucho interés en mí.

—He engordado. No me abrochaba el botón.

—Yo... te veo igual.

—¿Igual de gorda?

—Igual de preciosa, joder.

Parpadeé, intentando no llorar.

—Perdona, es que he tenido un día malo. Ya sabes, de los de levantarte con el pie izquierdo. Esta mañana había una cucaracha en el baño, así que he tenido que rogarle a mi vecina que me dejase usar el suyo, porque me dan pánico. Mi vecina me odia y ha sido muy incómodo tener que pedirle papel del váter.

Después, en el trabajo, he tenido que leer un manuscrito en el que no había comas, ni puntos, ni nada, tan solo porque era de la prima del jefe, y me he pasado el resto de la jornada debatiéndome entre decirle que era una mierda escandalosa o dorarle la píldora y asegurarle que solo necesita un poquito de corrección para convertirse en el próximo éxito editorial. Y luego... luego he llegado a casa y he intentado meterme en esos pantalones, pero te aseguro que habría sido más fácil bailar un vals con una piña en la cabeza. —Tenía la boca seca de tanto hablar y porque podía imaginar cada cosa que Alex estaría pensando sobre mí, empezando por «Jodida psicópata» y terminando con «Seguro que hay una ventana en los servicios por la que me puedo escapar»—. Créeme, no te culpo por querer marcharte, lo entiendo, yo pagaré la cuenta —añadí mientras me levantaba y buscaba mi bolso.

Alex contuvo una sonrisa sin dejar de mirarme.

—Siéntate, Emma.

—¿Estás seguro?

—Solo tengo una pregunta...

—Eso en sí ya es sorprendente. Que sea «una».

Él se inclinó sobre la mesa con un brazo apoyado entre los dos, que estábamos sentados juntos. Sentí su aliento cálido y me fijé en esos labios suyos tan perfectos...

—¿Por qué bailarías un vals con una piña en la cabeza? ¿Por qué no con una manzana, por ejemplo, o un kiwi? Necesito saberlo. Me mata la intriga.

Tardé unos segundos en asimilar sus palabras y estallar en carcajadas. Cuando el camarero llegó y dejó sobre la mesa la ensalada y la hamburguesa, yo seguía sin poder parar de reír. Terminé limpiándome las lágrimas con la servilleta.

—Eh, ¿qué estás haciendo? —pregunté.

Alex me ignoró, se echó en su plato la mitad de la ensalada y partió la hamburguesa en dos antes de darme una parte. Después, todavía con un brillo divertido en sus ojos, le dio un bocado y se relamió los labios. Era una tortura estar tan cerca de él y no poder tenerlo, pero valía la pena solo por poder pasar ratos como aquel.

Tal como hacía todas las noches, al terminar de cenar me acompañó paseando hasta el apartamento. Como ese día se habían fundido los plomos de la escalera y todo estaba a oscuras, se ofreció a subir conmigo hasta el tercer piso. Una vez allí, con la luz del móvil iluminando el rellano, nos despedimos y cerré la puerta mientras él comenzaba a descender las escaleras del edificio para marcharse. Me apoyé contra la pared y suspiré agotada, incapaz de moverme; siempre me sentía así tras estar con Alex, como si él fuese un furioso huracán y me dejase vacía tras sacudirme a su paso.

Un minuto después, cuando acababa de quitarme los tacones, llamaron al timbre. Pensé que se habría olvidado algo en mi bolso, pues a veces le guardaba alguna cosa si él no llevaba una chaqueta con bolsillos. Abrí la puerta.

—¿Te has dejado algo?

—A ti —susurró dando un paso al frente y, un segundo después, sus labios encontraron los míos.

Gemí sorprendida, aferrándome a su sudadera mientras él me cogía la mejilla con una mano y hundía su lengua en mi boca, buscándome. Y pensé que era como siempre había imaginado: mágico, cálido y tan intenso que me costaba respirar. Cuando me aparté de él, jadeando, vi que el azul de sus ojos se había oscurecido, como el cielo cuando se avecina una tormenta.

11

DESEAR QUE VUELVAS A MIRARME ASÍ

No sé cuánto tiempo estuvimos fundidos en aquel abrazo dentro de la consulta, pero en ese momento lo necesitaba. A él. Todo lo que había representado en mi vida. De pronto, me sentía confusa, débil y triste. Aferrarme a Alex calmaba mis miedos.

—Creo que por hoy ha sido más que suficiente —dijo Hilda pasado un rato—. En cuanto a la segunda sesión... mañana tengo un hueco libre a las cuatro.

Me giré hacia ella, separándome de Alex. Quise responder que no era necesario que acudiésemos de nuevo, porque no deseaba volver a enfrentarme a sus malévolas preguntas. Pero no pude hacerlo, me había quedado sin habla. El momento de paz que acababa de vivir se esfumó de un plumazo. Nunca mejor dicho.

Una gallina. Una maldita gallina estaba en la ventana, sujetándose al marco de madera con sus horripilantes patas blanquecinas y sus afiladas uñas.

La señalé con el dedo. Hilda miró al animal, sonrió y le acarició la cabeza con cariño.

—Se llama Cleopatra. Le encanta acudir a las sesiones. Es muy cotilla —dijo como si eso fuese una explicación de lo más razonable.

En respuesta, la gallina cacareó.

Entonces decidí que, llegados a tal punto, nada podría sorprenderme. Por desgracia, tuve que aplastar aquel pensamiento en cuanto miré la libretita donde ella tomaba notas, a la espera de descubrir qué conclusiones había sacado, porque lo único que vi fue un prado verde donde corría un niño (hecho con cinco palitos) que sujetaba un globo rojo.

—¿Eso es lo que ha estado haciendo durante la sesión? ¿Dibujar?

Hilda se levantó frotándose las rodillas y sonriendo.

—Sí. Deberías probarlo, es muy relajante.

Alex me pellizcó el brazo, indicándome que mantuviese la boca cerrada.

Caminamos por el estrecho pasillo hasta el exterior. Ya había empezado a anochecer.

—¿Cuánto es la sesión? —pregunté, sacando la cartera del bolso, mientras Alex se entretenía acariciándole las orejas al gato negro.

—La voluntad —contestó Hilda.

«Oh, mira, ¡qué amable!» Quizá, si me esforzaba lo suficiente, podría empezar a verla con buenos ojos. Rebusqué algunas monedas en la cartera.

—Y la voluntad son setenta dólares —añadió sin perder su espléndida sonrisa.

Levanté la cabeza de golpe.

Bien. Ella había estudiado Psicología, pero yo era licenciada en Filología y estaba al tanto del significado de la palabra *voluntad*. Era bastante simple. Pues eso, lo voluntario, contrario a *obligatorio*.

Antes de que pudiese contestar, Alex colocó varios billetes en la palma de su mano, que mantenía firmemente extendida.

—Nos veremos mañana, Hilda —le dijo—. Gracias por la sesión.

—Sí, gracias, gracias —farfullé—. Espero que le hayamos servido de inspiración... para sus dibujos... y eso.

Literalmente, Alex me arrastró hasta la salida.

Regresamos en silencio hacia la zona de la costa. Él estacionó la moto a un lado del paseo, antes de que llegásemos a la calle donde estaban los bungalós. Se quedó allí quieto, con los brazos dorados por el sol veraniego apoyados en el manillar y la mirada fija en el inmenso mar. Suspiró profundamente.

—No quiero que te sientas atacada, Emma. Sé que quizá Hilda ha sido un poco brusca contigo, pero creo que podría ayudarnos.

—¿Cómo ha adivinado el problema que surgió con mi vestido de novia? —pregunté al percatarme de ese detalle.

Alex se quitó el casco y ladeó la cabeza para mirarme.

—Cuando la llamé anoche le conté por encima lo que había pasado —explicó—. Mira, en la siguiente sesión podríamos hablar de todas las cosas que solía hacer que a ti te molestaban tanto, por ejemplo.

—No sé si quiero volver, la verdad.

Alex se quedó en silencio un segundo.

—¿Te apetece que cenemos juntos? —Se removió incómodo en la moto, provocando que se inclinase hacia la derecha—. Podrían venir también Elisa y Hannah, si tú quieres.

¿Qué? ¿Unos extraterrestres le habían hecho una lobotomía completa?

—¿Lo dices en serio? ¿No te importaría que viniesen?

Durante los cuatro años que habíamos estado saliendo juntos, Alex jamás, JAMÁS, me había propuesto un plan en que se incluyesen los nombres «Hannah» o «Elisa». Eso era una especie de pecado para él. Sacrilegio total.

Asintió con la cabeza.

—Podré soportarlo.

—¡Oh, gracias, Alex!

Sin poder contenerme, lo abracé con fuerza, apoyando el rostro en su espalda. Su aroma masculino me envolvió y, cuando caí en la cuenta de la rareza de aquel impulso, me aparté de él con brusquedad. Probablemente, no tenía ni idea de lo importante que era para mí que pudiese comprender lo mucho que quería a mis amigas; siempre había deseado que tuviesen una buena relación. Lástima que llegase con tanto retraso.

Dos horas después, los cuatro estábamos sentados en la mesa de una terraza, con un farolillo en medio que proporcionaba escasa luminosidad. Era agradable poder observar cómo se ondulaba ligeramente la llamita, especialmente porque era la única fuente de entretenimiento, dado el silencio sepulcral que reinaba en el ambiente. Había estado en funerales más alegres.

—Buenas noches, ¿ya han decidido lo que desean pedir?

Volver a escuchar una voz a mi alrededor consiguió calmar un poco los nervios que se sacudían en mi estómago. No estaba segura de querer pedir nada. No se me había pasado por la cabeza que cenar con aquellas tres personas tan dispares entre sí pudiese ser peor que una tortura china. Cuando el camarero terminó de apuntar el pedido, volvimos a sumirnos en un incómodo silencio. Lo más interesante que ocurrió a continuación fue que Alex cogió su servilleta y comenzó a formar pequeños cuadrados doblándola sobre sí misma una y otra vez. Me planteé hacerle una fotografía a ese trozo de papel. Así, en el futuro, podría recordar el momento más significativo de aquella noche.

Entonces él habló, sorprendiéndome de nuevo:

—¿Os lo estáis pasando bien? ¿Ya habéis visitado la playa de Venice?

—¡Sí! —exclamó Hannah—. ¡Estuvimos el otro día contigo! ¿Ya no te acuerdas?

Mi amiga emitió la risa más estridente que había escuchado jamás y Alex arqueó las cejas con suavidad antes de mirarme fijamente. Me encogí de hombros y él volvió a dirigir sus ojos hacia Hannah, un poco contrariado, pero mostrándose paciente.

—No. La playa de Venice no es... no es el lugar donde estuvimos haciendo surf. En realidad, está un poco lejos para ir a pie, pero podríais alquilar un coche.

—Claro, porque conducir por una ciudad desconocida es una tarea de lo más sencilla y práctica —ironizó Elisa poniendo los ojos en blanco; al encontrarse con mi mirada de advertencia, debió de percatarse de que no estaba siendo todo lo «amable» que había prometido antes de dirigirnos hacia allí, y suspiró—. Perdonad, necesito ir al servicio. ¿Me acompañas, Hannah?

Alex mantuvo la vista clavada en el mantel mientras mis amigas abandonaban la mesa. Estaba tenso e incómodo, pero, por una vez, valoré lo que estaba haciendo, porque sabía que el mero hecho de estar allí suponía un esfuerzo para él.

—Lo siento. No sé qué le pasa. Le he explicado que estamos intentando ser amigos, como dos adultos, pero creo que todavía te guarda rencor. Un poquito. Bastante.

Alex sonrió de lado y me dirigió una mirada cálida que me removió por dentro. ¡Cuántas veces me había mirado así! Y ahora el gesto me pareció tan efímero que tuve ganas de pedirle que lo repitiese, que volviese a clavar sus ojos en los míos como si para él fuese la única persona del mundo.

—¿Deberíamos pedir cubiertos de plástico? ¿Cuántas probabilidades hay de que Elisa utilice su tenedor para asesinarme? —bromeó.

Tenía la boca seca, pero logré sonreír.

—Yo creo que rondan el ochenta y cinco por ciento al menos.

—Pensaba que se acercarían al noventa y cinco por ciento.

—Quizá esté siendo muy optimista, sí. Y, por cierto, a mí me parece una buena idea lo de alquilar un coche, llevaba días pensándolo —admití.

Alex no contestó al divisar a mis amigas acercándose a nuestra mesa. Por fortuna, el resto de la cena fue tranquila, si omitimos el hecho de que Elisa y él mantuvieron un arduo debate sobre si los vegetarianos podían comer o no moluscos. Ella defendía que se había demostrado científicamente el hecho de que los moluscos no podían sentir dolor y ese era el fundamento que utilizaba para afirmar que no había razón para no comerlos. Sin embargo, Alex enfocaba su discurso de un modo más filosófico, alegando que ser vegetariano era un «modo de vida». Además, estaba convencido de que Elisa mentía sobre su teoría del dolor y empezó a preguntar tonterías del estilo: «¿Por qué la vida de un mosquito se considera menos valiosa que la de un perro, por ejemplo?».

¿Lo mejor de todo? Ninguno de los dos era vegetariano y ambos habían pedido un bistec de carne para cenar. Así pues, ¿a quién narices le importaba la ingesta de moluscos?

Finalmente, cuando parecía que la discusión llegaba a su fin y ya estábamos a punto de pagar la cuenta, Hannah preguntó: «¿Qué es un molusco, exactamente?», al tiempo que se limpiaba con una servilleta los restos de salsa del plato de mejillones que acababa de zamparse alegremente. Juro que, en ese instante, a Alex le entró un tic en el ojo. No sé cómo lo hizo, pero logró sobreponerse y evitó hacer ningún comentario al respecto.

Después, nos animamos a ir al local caribeño donde días atrás me había encontrado con él. Nos sentamos en una de las mesas del fondo, junto a varios amigos de Alex entre los que estaba el tal Gael que daba clases de surf en su empresa. Apenas se podía mantener una conversación a causa del elevado volumen de la música, de modo que me concentré en beber una copa tras otra, convencida de que así olvidaría todas las cosas horribles que me habían sucedido durante el último año.

Os confesaré un pequeño secreto: no sé bailar.

Sin embargo, cuando Alex me propuso hacerlo, asentí enérgicamente con la cabeza, sintiéndome extrañamente animada al ir algo achispada.

Entrelazó sus dedos con los míos con decisión y me arrastró hacia el centro del local. Como si fuese lo más normal del mundo, sus manos se enredaron en mi cintura y pegó su cuerpo al mío todo lo que pudo, dejándome sin respiración. Comenzó a moverse lentamente, llevándome con él, a pesar de que la música que sonaba de fondo era una especie de salsa con un ritmo frenético. Mantuve la vista clavada en el suelo durante lo que pareció una eternidad, intentando convencerme de que sus manos no me quemaban cada vez que rozaban mi piel y de que su olor no me hacía enloquecer.

Se me erizó el bello de la nuca cuando sus labios rozaron mi oreja.

—¿Por qué no me miras? —preguntó en un susurro.

«Porque estamos tan, tan sumamente cerca, que sé que si alzo la cabeza sufriré un infarto de un momento a otro. Y soy demasiado joven para morir. Quiero tirarme en paracaídas, quiero tener hijos, quiero teñirme el pelo de color naranja al cumplir los cincuenta...»

No, no. Tenía que ser fuerte.

No podía permitir que Alex tuviese ese poder sobre mí. Era agua pasada. Y podíamos ser viejos conocidos, lo único que debía hacer era comportarme como una persona adulta y madura de veintisiete años que tenía un trabajo estable en una prestigiosa editorial. Esa era yo. Emma, la roca, la mujer inalterable ante los encantos de los hombres.

Levanté lentamente la cabeza hasta que nuestras miradas se encontraron.

Alex sonreía. Tenía los ojos brillantes y ligeramente entornados tras haberse tomado dos copas de más. Me sobresalté cuando sus manos descendieron despacio por la curvatura de mi espalda, acercándose peligrosamente a mi trasero.

No, bajo ningún concepto.

Por encima de mi cadáver.

—¿Qué se supone que estás haciendo? —siseé.

—Te acaricio la espalda —sonrió—, de momento...

—No puedes tocarme —aclaré, pero no me moví. No permitiría que él llevase el control de la situación. Me mantendría firme. Sería implacable. Sería letal.

—¿Por qué no? —preguntó burlón.

—Eh, déjame pensarlo... —Fingí que meditaba, apoyando un dedo sobre mi barbilla—. ¡Ah, sí, lo tengo! ¡Porque ya no estamos juntos! —concluí alzando la voz.

Alex no pareció escuchar mis palabras, pues una de sus manos rozó el borde de mi camiseta y sus dedos se internaron debajo, acariciándome la piel, trazando cálidos círculos. Pensé que me derretiría allí mismo como un maldito helado y se me doblarían las rodillas de un momento a otro. ¿Cómo se atrevía a hacer algo tan íntimo después de todo lo que había pasado entre nosotros? Cuando volví a bucear en el océano de sus ojos, advertí que me retaba con la mirada, mostrándome una estúpida sonrisa presuntuosa.

Lentamente, descendí las manos desde sus anchos hombros hasta su torso, palpando cada centímetro de su cuerpo por encima de su ajustada camiseta negra. Alex pareció asombrarse en un primer momento, pero en seguida volvió a mostrarse seguro de sí mismo mientras me levantaba un poco la camiseta para acariciar la piel de mi espalda con más libertad. Di un pequeño saltito, angustiada. Apenas podía tragar saliva y respirar se estaba convirtiendo en una tarea ardua. Ese hombre enviaba ondas electromagnéticas de calor a mi cuerpo como si fuese un maldito microondas. ¿Hasta dónde quería llegar? ¿Qué extrañas ideas se amontonaban en su diminuto cerebro?

Finalmente, tomando una decisión arriesgada, deslicé todavía más las manos hasta tocar su cinturón y el borde de los vaqueros. Y me quedé ahí, quieta, congelada, a la espera de que al fin él se apartase.

Pero no lo hizo.

Inclinó la cabeza escondiendo su rostro en mi cuello y sentí la humedad de sus labios cuando comenzó a depositar pequeños besos en mi clavícula. Uno tras otro, y otro más. Me estremecí de los pies a la cabeza. Era una sensación extraña, pero, al mismo tiempo, agradablemente familiar. Ahogué un gemido. Las luces de colores se movían por el techo, aturdiéndome, y la gente a nuestro alrededor seguía bailando sin descanso, totalmente ajena al hecho de que mi vida estaba a punto de desmoronarse como un castillo de naipes frente a un furioso terremoto. La música salsa que había de fondo me sonaba, era Marc Anthony o algo así, ni siquiera podía concentrarme en eso, porque Alex estaba mordisqueándome el lóbulo de la oreja y ese gesto fue suficiente para nublarme la mente. El único pensamiento que tenía claro era que no estaba siendo letal.

Pero cuando sus labios se deslizaron suavemente por mi mejilla, incluso aplasté ese último resquicio de cordura. Sencillamente, mi mente se quedó en blanco.

Alex se alejó unos centímetros para poder mirarme a los ojos. Probablemente, ese era el momento exacto en el que debería haberme apartado a un lado, extender con firmeza una mano entre nosotros y decir: «Tenemos que dejar de comportarnos como unos adolescentes». Pero, dado que lo único que hice fue mirarle embobada, Alex sujetó mi rostro entre sus cálidas manos y, un segundo después, sus labios chocaron con los míos. Y fue un beso intenso, único y arrollador. Fue como si de pronto olvidase todo lo malo que había ocurrido entre nosotros, porque besarlo se me antojaba algo tan natural como respirar.

Su aroma, todo él, era tan reconfortante y adictivo que jadeé y entreabrí los labios, permitiendo que nuestras lenguas se rozasen. Alex rodeó mi cintura con la mano que tenía libre y me estrechó con tanta fuerza que mis pies dejaron de tocar el suelo cuando me sostuvo entre sus brazos. Lo deseaba. De pronto, fue como si no hubiésemos pasado ni un día separados y como si todo aquel año de ausencia fuese una pesadilla lejana.

Y hubiese soltado alguna barbaridad en voz alta de no ser porque, sin previo aviso, alguien me cogió del brazo y tiró de mí con firmeza hasta lograr separarme de Alex. Seguía sintiéndome mareada y aturdida cuando do fijé mi mirada en Elisa, que tenía los ojos muy abiertos y parecía preocupada.

—¿Qué se supone que estás haciendo?

—Solo... pasábamos el rato. Bailábamos.

—Creo que la fiesta debería terminar aquí —dijo y se acercó más a mí para poder susurrarme al oído—: Emma, te aseguro que mañana te arrepentirás de esto.

Hannah, plantada al lado de Elisa, sonreía.

—Vale, sí, id saliendo —me apresuré a pedir tras advertir que Alex se estaba conteniendo para no descuartizar allí mismo a una de mis mejores amigas—. Os veo en la puerta en un minuto. Solo un minuto.

En cuanto ambas desaparecieron, me llevé las manos a la cabeza, consciente al fin de lo que acababa de ocurrir. No hacía falta que pasasen unas horas para empezar a arrepentirme. Ya lo estaba haciendo en ese mismo momento. Alex se cruzó de brazos. Y ahí estaba otra vez esa maldita vena en su cuello palpitando furiosamente.

—¿Vas a dejar que te diga lo que tienes que hacer? —Tenía la mandíbula en tensión—. ¿Ahora Elisa es tu madre o algo así?

—No lo pagues con ella. —Impedí que se acercase a mí colocando una mano en su pecho. Podía notar el latir atropellado de su corazón. Tragué saliva con fuerza y parpadeé, intentando no llorar—. Sabes que no está bien... lo que ha pasado...

—Tan solo nosotros deberíamos decidir eso.

Sus brazos volvieron a rodearme. Era como una especie de pulpo. Y yo, una presa excesivamente fácil, desde luego. El pez más tonto del océano. Tan solo me faltaba rogarle que me comiese de una vez por todas. Porque quería que lo hiciese... Quería... ¿Pero en qué estaba pensando? Aquello no era racional ni bueno para ninguno.

—Los dos hemos bebido —comencé a decir, sintiéndome muy muy pequeña—. Lo siento, pero creo que lo mejor será que esto no vuelva a suceder.

Alex me soltó de golpe y asintió con la cabeza, manteniendo los labios apretados y el ceño fruncido, antes de desaparecer de allí mezclándose entre la multitud.

Alcé la mirada al techo conteniendo las lágrimas. Así era como debían ser las cosas, ¿no?

12

(ANTES) BESOS, BESOS Y MÁS BESOS

Después de ese beso inesperado delante de la puerta de mi casa, quedamos con frecuencia durante las siguientes semanas. Fuimos a ver un museo, a cenar juntos, a pasear por Central Park y a recorrer las calles más emblemáticas de la ciudad cogidos de la mano. Y todo era muy rosa, en el sentido más estricto de la palabra. Alex me besaba sin parar: en la cola de una caseta antes de comprar un perrito caliente, en la lavandería mientras esperaba para recoger la ropa limpia, en el portal de mi edificio o en una avenida transitada.

Como había imaginado desde pequeña, sus besos eran perfectos. Alex besaba como hacía todo lo demás en la vida: intensamente.

Sus labios eran suaves, su boca era cálida y el contacto resultaba tan electrizante que más de una vez terminaba gimiendo ante el primer roce y consiguiendo que una sonrisa acompañara sus besos. Cuando nos despedíamos en la puerta de mi apartamento y él se giraba para marcharse, siempre acababa dándose la vuelta y robándome un par de besos más, como si justo antes de irse pensase que la preocupante cantidad de saliva que habíamos intercambiado durante las últimas horas hubiese sido insuficiente.

«Eres jodidamente adictiva», me dijo un día. Por supuesto, quise poner en marcha la grabadora del móvil en ese momento y pedirle que repitiese las tres palabras que acababa de decir. Cuando, como era de esperar, terminé diciendo eso mismo en voz alta, Alex se echó a reír y me abrazó. Yo me dejé envolver por sus brazos sin dejar de sonreír, pero, a pesar de todo, noté una sacudida en el estómago porque, en el fondo, sabía que algo no iba bien. Es decir, nos besábamos como dos adolescentes hormonados, pero no iba más allá. Era desconcertante, teniendo en cuenta que todos los chicos con los que había salido hasta la fecha habían intentado meterme en su cama antes incluso de que pudiese decir «Hola, me llamo Emma».

Así que, ese día, decidí que yo daría el paso por él.

Rompí el abrazo y respiré hondo mirándolo a los ojos.

—¿Te apetece tomar algo dentro? Las chicas no están.

Alex dudó. Vi la contención en las líneas de su rostro.

—Mejor otro día, Emma, ¿de acuerdo?

—Mmm... vale.

Quería gritar.

—Buenas noches, cariño.

La palabra sonó tan bien en sus labios, tan cálida y real, que olvidé el pequeño rechazo y me puse de puntillas para darle un beso de despedida.

13

COMO PREGUNTARLE A UN CERDO SI LE GUSTABA REVOLCARSE EN UN CHARCO DE BARRO

Estiré los brazos en alto y después me incorporé y me senté en la cama.

Elisa acababa de despertarme tras dejar un delicioso café sobre la mesita de noche de mi habitación. Sonreí, agradeciéndole el gesto en silencio, al tiempo que ella se acomodaba a un lado de la cama, con las piernas cruzadas al estilo indio.

Me froté las sienes con la punta de los dedos, intentando en vano aliviar el dolor. La cabeza me estallaría de un momento a otro y sentía el cuerpo totalmente entumecido.

—No volveré a beber en lo que queda de viaje —aseguré.

Ella se mordió el labio inferior con gesto pensativo.

—Escucha, Emma, puede que no fuese lo más sensato interrumpiros anoche. Ya no somos unas niñas, pero no quiero volver a verte sufrir. Lo pasaste muy mal. Y, además, las cosas han cambiado mucho. Ahora él vive aquí, en California, mientras que tu trabajo sigue en Nueva York...

Claro, era fácil decirlo cuando te esperaba en casa «el perfecto Colin». Bueno, vale, quizá no debería excusarme en el hecho de que ella hubiese conocido al prototipo de hombre ideal. No podía culparla por tener una vida maravillosa. Avergonzada, me tapé la cara con las manos.

—Lo sé, lo sé. Fue una tontería. Un error.

—Sé que esto es muy duro para ti —insistió.

—No tuvo importancia, te lo aseguro —mentí.

No sé exactamente cómo lo hice, pero la convencí para que dejase de preocuparse. Y, para mi sorpresa, Hannah no hizo ni un solo comentario sobre lo que sus angelicales ojillos habían visto la noche anterior. Estaba segura al cien por cien de que Elisa había mantenido con ella una intensa charla.

Tenía que plantearme las cosas desde otra perspectiva.

Intenté mantenerme ocupada durante toda la mañana, evitando así rememorar lo que había pasado con Alex. En primer lugar, tras persuadir a Elisa, nos acercamos a la oficina de turismo más cercana para averiguar cómo podíamos alquilar un coche.

Era fácil, básicamente porque la propia oficina estaba asociada con una agencia de alquiler de vehículos y se encargaban de todo. En apenas un par de horas, tras disfrutar de un copioso almuerzo en un restaurante del paseo (más de mil calorías, seguro), nos entregaron las llaves de nuestro nuevo coche. Era blanco, pequeño, sencillo y perfecto.

A pesar de la resaca, me había levantado con una

energía positiva que nadie lograría pisotear bajo ningún concepto. Era una mujer renovada. Emma, versión 2.0.

Cuando al fin montamos en el coche, nos dirigimos hacia una playa cercana a la que Hannah quería ir. A lo largo de la espléndida mañana, no surgió ni un solo contratiempo. Vale, sí, reconozco que, mientras estaba tumbada en la arena bajo el sol, recreé unas mil veces (quizá fueron más) el beso que me había dado Alex la noche anterior. Pero, omitiendo ese pequeñísimo detalle puntual, todo fue perfecto. En ese idílico trocito de costa no había gente practicando surf, ni atractivos profesores sin camiseta, ni modelos llamadas Samantha que tenían pechos enormes que bien podrían servir como flotadores de salvamento marítimo.

¿Y por qué todas las chicas guapas tenían nombres que empezaban por la letra «S»? Ya desde antes de nacer, los padres de estas agraciadas jóvenes sabían que serían «sensuales», «sexies», con cuerpos de «sílfides», «sirenas». Puede que mi teoría cojease un poco, pero estaba dispuesta a perfeccionarla con el paso de los años para, más tarde, difundirla por internet.

Dada la gran sensación de paz que me había invadido durante toda la mañana, cuando me dirigí a la consulta de la «psicóloga» (todavía guardaba ciertas dudas con respecto a su titulación), lo hice tranquila, sin prisas (especialmente porque me perdí cuatro veces), sintiéndome segura al volante del coche de alquiler. Al llegar, no me extrañó no ver la moto de Alex. Típico de él llegar tarde, por supuesto. Era su sello de identidad.

Esperé pacientemente tras llamar a la puerta, mientras escuchaba el tintineo de los numerosos cristalitos y los cachivaches diversos que colgaban de todas partes.

Hilda abrió la puerta y me miró sorprendida, al tiempo que se quitaba las manoplas de cocina que llevaba.

—Oh, no te esperaba, querida —musitó.

Aquel día vestía una túnica roja con bordados en hilo dorado de aspecto oriental.

—Son las cuatro. —Alcé la mano para volver a mirar el elegante reloj que llevaba en la muñeca, a pesar de que sabía perfectamente qué hora era.

Hilda arqueó sus finas cejas.

—Alex ha llamado esta mañana para cancelar la sesión.

—¿Qué? ¡Pero si todavía tiene usted que decidir quién tuvo la culpa de todo lo que ocurrió!

Juro que Hilda se esforzó por no reír. Las comisuras de sus labios se tensaron cuando presionó los labios con fuerza, intentando contenerse. No sabía qué le parecía tan gracioso.

—Pasa, querida, pasa —dijo, sosteniendo la puerta abierta—. No importa. No tenía a ningún otro paciente a esta hora, así que podemos proseguir con la sesión.

—Pero Alex no está —recalqué lo evidente.

—Lo sé, pero será interesante que también podamos trabajar de forma individual.

Lo que en realidad a ella le parecía interesante era cobrar la «voluntad». Es decir, setenta pavos. Netos. Sin factura. ¡Y parecía tonta con tanto estilo bohemio!

Suspiré dramáticamente antes de decidirme a entrar en la casa y seguirla hasta la habitación de las coloridas alfombras. Al fin y al cabo, solía gastar el dinero en cosas estúpidas, como velitas de intensos olores, miles de utensilios de cocina que jamás llegaba a estrenar o ropa que finalmente me quedaba pequeña. Un poco de psicología nunca estaba de más.

—Siéntate —dijo en cuanto entramos.

Ah, sí, claro, ahí tenía un mullido y cómodo... suelo.

—En primer lugar, ¿tienes idea de por qué Alex ha decidido cancelar la sesión?

Medité durante unos instantes, mientras ella buscaba entre un montón de papeles su pequeña libreta para, seguramente, comenzar a dibujar. Si es que a un niño hecho con cinco palitos se le podía denominar «dibujo», claro está. Cuando era pequeña, a ese tipo de obras pictóricas mi madre solía clasificarlas amablemente como «garabatos».

—Probablemente haya sido porque... anoche nos besamos. —Desvié los ojos de su intensa mirada. Se me antojaba como un tigre feroz. Y mortal—. No fue nada importante. Obviamente, esto demuestra quién es más maduro de los dos.

—Ajá. —Cogió una pintura roja—. Así pues, ¿todavía te sientes atraída por él?

Esa pregunta era estúpida, como preguntarle a un cerdo si le gustaba revolcarse en un charco de barro, ¡pues claro que sí! Era algo instintivo. Había estado enamorada de Alex Harton desde que era una niña, no era un sentimiento que pudiese esfumarse de repente. Y lo había querido más que a nadie en este mundo. Inspiré hondo y asentí en silencio con la cabeza. No vi necesario explicárselo utilizando la metáfora del cerdo.

—¿Te resultó agradable volver a mantener contacto físico con Alex?

Santo Dios, ¡odiaba a esa mujer! ¿Por qué no me levantaba, abría la maldita puerta y me marchaba, con la firme intención de no regresar jamás?

—Sí, supongo que es lo normal cuando alguien te atrae, tal como he dicho. Pero, si no le importa, preferiría hablar de lo que ocurrió antes de mi boda. O de la boda anulada.

—De acuerdo. —Suspiró, dejó la pintura color rojo a un lado y cogió entre sus dedos una morada—. ¿Crees que Alex fue el único culpable de que vuestra relación se rompiese?

Por fin, por fin, por fin. Llevaba tanto tiempo deseando que alguien, dispuesto a juzgar, me hiciese esa pregunta... Y sí, ¡sí! ¡SÍ! ¡La respuesta era sí!

Quizá por eso (el hecho de tenerlo tan claro) me sorprendí al ver que era incapaz de abrir la boca para contestar. Y aunque mi cerebro me gritaba una vez tras otra que la respuesta era afirmativa, no pude llegar a decirlo en voz alta. Por el contrario, me mantuve muy quieta, como una pánfila, mirando a Hilda fijamente.

—Emma, ¿podrías contestar?

Era obvio que no. ¿Por qué siempre cuestionaba cosas evidentes?

—¿Y usted no podría... pasar a la siguiente pregunta? —tanteé nerviosa—. Como en ese programa de la televisión, donde si los concursantes no saben qué responder se produce una especie... una especie de rebote hacia la siguiente y...

—Emma, me temo que en este caso tú eres la única persona que puede contestar algo así. Y, además, ¿no era eso lo que querías desde el principio? Tenía entendido que demostrar la culpabilidad de Alex fue lo que te impulsó a visitar esta consulta.

¡Uf! ¡Como si a eso se le pudiese llamar «consulta»!

—Todo este asunto de la culpabilidad es un poco ambiguo —logré decir.

Hilda apartó la mirada de su próxima obra de arte y clavó sus ojillos en mí. Por un momento, creí que podría leerme el pensamiento gracias a una pócima hecha a base de hierbas naturales, cuerno de unicornio y aliento de bruja.

—Lo enfocaremos de forma diferente.

—De acuerdo. Eso... suena bien, mejor.

—¿Crees que tú pudiste cometer algún error?

¿Sabéis que el quince por ciento de las mujeres americanas se mandan flores a sí mismas en el día de los enamorados? Estaba convencida de que mi psicóloga formaba parte de ese grupo, porque no creía que ningún hombre estuviese dispuesto a mantener una relación estable con una persona tan despistada. Ella cogía la cuerda de mi vida y la retorcía cruelmente entre sus manos, estrujándome, mientras emitía la típica risa malévola característica de los villanos de Disney.

—Es posible —contesté tras un largo silencio—. Quizá me emocioné demasiado con el asunto de la boda. Al principio quería algo sencillo, pero, entiéndame, tengo mis debilidades y Hannah no dejaba de enseñarme un montón de propaganda con vestidos preciosos, increíbles salones de baile, coches de lujo con sus florecitas bien colocadas en los retrovisores... —Me mordí el labio inferior, pensativa.

—Continúa —me instó.

—Puede que se me fuese de las manos —admití—. Debí haber tenido en cuenta la opinión de Alex, puesto que también era su boda. Aunque, por otra parte, todo el mundo sabe que el matrimonio fue creado para satisfacer a las mujeres...

—¿Eso es lo que realmente piensas del matrimonio?

Me llevé las manos a la cara, angustiada.

—No, no lo pienso —confesé alicaída—. Sinceramente, no sé por qué invité a trescientas doce personas, a más de la mitad apenas las conocía, pero no sé, no sé... —Alcé la mirada al techo, sintiéndome muy confundida y un pelín culpable—. La verdad es que él fue muy paciente con todo lo relacionado con la boda, siempre que le comentaba algún cambio de planes solía decir: «Vale, si eso te hace feliz...».

Por primera vez, Hilda dejó a un lado su libreta, apoyó los codos sobre sus rodillas para inclinarse hacia delante y me sonrió.

—Acabas de dar un gran paso, Emma. Creo que es primordial y muy importante que ambos empecéis a reconocer vuestros errores.

—Gracias. —Me sentí aliviada.

—Y ahora hablemos de la noche en la que se rompió vuestra relación.

Mierda. Ahí estaba otra vez la Hilda perversa.

—¿Qué quiere saber exactamente?

—Cuéntame qué pasó, desde tu punto de vista.

—Si insiste... —Cogí mucho aire de golpe—. Faltaba una semana para la boda, así que había pedido dos días libres en el trabajo para ultimar todos los detalles. En concreto, si no recuerdo mal, era viernes. Estuve desde las diez de la mañana ocupándome de algunos asuntos pendientes. Ya sabe, los del catering no dejaban de dar problemas, repitiéndome una y otra vez que no podían servir salmón, ¿por qué no podía tener salmón en mi boda? ¡Me estaban volviendo loca!

Enmudecí de pronto, tras escuchar (o, mejor dicho, asimilar) mis propias palabras. ¿Qué demonios me había pasado? ¿A quién le importaba un dichoso salmón cuando ibas a casarte con el hombre más increíble del mundo?

—¿Te ocurre algo, Emma?

—Eh... no, no. —Sacudí la cabeza, aturdida—. Como estaba diciendo, el estúpido salmón me torció la mañana. Después, tras comer con mis amigas, fuimos al salón de estética donde tenía que hacer las pruebas de peinado, maquillaje... —Hilda alzó una ceja en alto, como si todo lo que estaba diciendo le sonase a chino—. Verá, consiste en que según el vestido que lleves, el ramo, la decoración general... se enfoca de un modo u otro la parte estética.

¿Por qué, por qué había perdido el tiempo con tantas tonterías?

Respiré hondo, antes de proseguir.

—Estaba ya en el salón, con todos esos profesionales esperando fuera, cuando descubrí que el vestido no me entraba. No había forma de abrochar los últimos botoncitos —expliqué, moviendo las manos de un modo extraño—. Me hundí totalmente. Entiendo que a usted pueda parecerle una tontería, pero de pronto me convencí de que no era lo suficientemente buena para Alex. Quizá tenga razón con aquel asunto de la autoestima del que hablamos ayer.

Para mi sorpresa, Hilda me dedicó una cálida sonrisa.

—¿Cómo reaccionaste en ese momento?

—Lloré.

—¿Y después...?

—Continué llorando, supongo. Bueno, en realidad, tras un buen rato de sollozos, me hicieron las pruebas de peinado y maquillaje igualmente. Y eso fue la gota que colmó el vaso. Resultó que me pusieron un maquillaje de una nueva marca y tuve una reacción alérgica. Fue horrible. Me picaba toda la cara, creí que estallaría de un momento a otro.

—Oh, Dios, qué mala suerte, querida.

Se estaba mostrando misteriosamente amable.

—Y hubo más problemas, tenía infinidad de cosas que solucionar. Además, estábamos pasando unas semanas malas, muy tensas, en casa discutíamos con frecuencia. Así que, cuando llegué a nuestro apartamento y encontré a Alex en la cocina, sin camiseta, descalzo, tan solo vestido con esos vaqueros que le quedaban tan bien... pensé: «¿Por qué demonios es tan perfecto? ¿Y por qué querría estar con una chica a la que ni siquiera le cabía su vestido de novia?». Estaba cocinando unos espaguetis y cuando se giró y me miró sonriente..., creo que ese fue el momento exacto en el que exploté.

—Interesante. Muy interesante.

Debía de serlo, porque definitivamente había dejado de lado su faceta artística, dedicándome toda su atención.

—Un millón de pensamientos negativos me invadieron. Me sentía inferior, torpe y enorme —continué, asombrada por tener tantas ganas de contárselo todo—. Entonces vi la lechuga que estaba en la bolsa, sobre la repisa de la cocina, dado que todavía no la había metido en la nevera, y me dije: «Pues no, no es perfecto, es evidente que si lo fuese habría guardado esa lechuga». Sencillamente pagué con él mis frustraciones, mis problemas de autoestima, mis miedos... Le grité. Le grité un montón de cosas que ni siquiera recuerdo. ¡Estaba tan enfadada conmigo misma! ¡Y me picaba tanto la cara!

Me quedé unos segundos en silencio, meditando sobre mis últimas palabras.

¡Pestañeé! ¡Pestañeé todo el tiempo porque me ardían los ojos por culpa de la alergia! Y según Alex, tan solo cuando mentía dejaba de pestañear...

¿Sería todo distinto si él hubiese podido adivinar que estaba mintiendo? ¿Que las cosas horribles que le dije no eran ciertas? ¿Que tan solo me sentía dolida, triste y débil? ¿Que realmente lo último que deseaba era que se marchase de mi lado?

—Emma, prosigue.

Me llevé una mano al pecho, intentando aliviar la presión que empezaba a sentir.

—La discusión derivó en otros muchos temas porque, por supuesto, también teníamos algunos problemas que no tenían nada que ver con la boda —aclaré, hablando en un tono más bajo de lo normal—. Al final, fuera de control, le pedí que se fuese. Él preguntó: «¿Y la boda?». Y yo simplemente dije: «No, no va a haber ninguna boda».

Comencé a sollozar, incapaz de tragarme el dolor.

—El caso es que, al final, esa noche la que se marchó fui yo. Dormí en el apartamento de Hannah. —Respiré con dificultad a causa de los mocos—. A la mañana siguiente, casi al mediodía, cuando regresé a casa, descubrí que se había ido.

Hilda se había acercado a mí y ahora me abrazaba con fuerza. Sé que puede parecer de locos, pero me daba igual. Ya no me importaba si esa mujer era psicóloga o una hippie que se escondía de las autoridades en aquel lugar, porque olía a incienso, a paz... y su cercanía me resultaba inmensamente reconfortante.

Me tendió un pañuelo y me soné la nariz.

—Y después... después pensé en llamarlo —hipé—, confesarle que realmente no sentía nada de todo lo que

114

había dicho y decirle lo mucho que lo quería, pero...
pe-ro... mi estúpido orgullo...

Me acarició la cabeza con delicadeza.

—Tranquila, Emma. Ya es suficiente. Cálmate. La sesión ha terminado.

14

(ANTES) SOLO SI YO SOY LA CENA

Era nuestra cita número ciento cuatro mil cuando le propuse ir al cine. Pensé que un lugar oscuro, silencioso e íntimo podría despertar su libido, porque, por lo visto, Alex no tenía intención de culminar lo nuestro nunca jamás. Y no es que lo que teníamos no fuese perfecto, que lo era y mucho, pero lo deseaba más que al mejor helado del mundo de chocolate con trocitos de nueces. Llevaba deseándolo toda mi vida. ¿Fantasías que había tenido con Alex? Mil. No. Más. Mil millones. Desde imaginarlo vestido de policía sexy hasta en plan látigo en mano; cualquier cosa empezaba a parecerme aceptable.

Nos cogimos de la mano mientras caminábamos.

—Y, dime, ¿tienes algo que hacer luego? —pregunté.

—¿Al salir? No, podemos ir a cenar si quieres.

«Solo si yo soy la cena», pensé, pero me contuve.

Me mordí el labio, sin decir nada, al tiempo que pagábamos las entradas y cogía el ticket. Atravesamos el pasillo que conducía hasta la sala de cine y nos acomodamos en nuestras butacas que, tal como había pedido, estaban en la última fila, en una esquina apenas iluminada donde ni siquiera alcanzaba la luz de la pantalla. Me quité el bolso y lo dejé en el asiento vacío de al lado antes de acomodarme y cruzar las piernas; llevaba una falda corta y una blusa escotada, pero ni por esas Alex pareció despertar de su letargo.

La película empezó. A pesar de estar viendo a Brad Pitt casi a tamaño real, no podía concentrarme en nada de lo que estaba ocurriendo. Ni siquiera cuando se quitó la camiseta fui capaz de prestar atención, porque era incapaz de dejar de pensar en el bloque de hielo que tenía sentado al lado. ¿Por qué Alex no me tocaba? ¿Acaso solo salía conmigo por lástima o algo así? No entendía sus reservas ni lo apasionados que eran sus besos en contraste con todo lo demás.

Contrariada, me armé de valor y me incliné hacia él, sujetándolo por la solapa del polo antes de darle un beso largo y húmedo.

—Vaya, eso ha sido...

No lo dejé terminar.

Volví a buscar sus labios y Alex los abrió para recibirme en su boca. A partir de ese instante nos convertimos en un cúmulo de suspiros, lametones y besos. Él tenía los ojos brillantes cuando nos separamos para respirar.

—Estás... muy intensa.

—Estoy muy cachonda —solté.

—Emma... —Algo se oscureció en su mirada.

Respiré agitada y nerviosa y sin razonar mucho.

—¿No te gusto? ¿Es eso? Porque creo que este sería un buen momento para que me dijeses de una vez por todas qué es lo que te pasa. Es decir, sé que mi cuerpo no es perfecto y que debería apuntarme al gimnasio y todo eso, pero...

—¿Eso piensas? —preguntó en susurros.

—La otra opción es que seas impotente. Y en ese caso... ¡Oh, demonios! Es eso, ¿verdad? Lo siento. Lo siento muchísimo, Alex, no sé por qué no había caído —farfullé angustiada y sintiéndome como Cruella de Vil a punto de hacerse un abrigo de dálmatas.

Un músculo se tensó en la mandíbula de Alex. Me cogió de la mano con firmeza y luego se acercó a mí hasta que sus labios rozaron el lóbulo de mi oreja. Me estremecí.

—La única razón por la que no te he arrancado la ropa aún es porque eres la hermana pequeña de uno de mis mejores amigos y le prometí que iría despacio contigo.

—¿Qué? ¿Mi hermano sabe lo nuestro? —Alex asintió y yo tragué saliva, con la piel hormigueándome en el lugar exacto donde él me tocaba—. Entonces, ¿sí que te gusto?

—Joder, ¿gustarme? —Llevó nuestras manos unidas hasta sus vaqueros. Se me aceleró la respiración al notarlo duro contra la tela; vale, sí que le gustaba. Mucho. Un montón. Tragué saliva—. Llevo semanas conteniéndome y deseándote y muriéndome un poco por ti...

Temblé. No sé si fue por el sonido ronco de su voz, por sus palabras o porque su mano se internó bajo mi falda justo antes de volver a besarme. Me aferré a sus hombros, todavía un poco atontada, y ahogué un gemido cuando me acarició por encima de la ropa interior. Apenas tardé un minuto en derretirme y, todavía atontada entre la neblina de placer, escuché a Alex riéndose a mi lado por lo bajo. Lo miré avergonzada.

—Estaba muy necesitada... —me defendí.

—Ya veo, ya. No volveré a permitir que pase.

Y sus palabras prometían tantas cosas que junté las piernas en respuesta, nerviosa y, al mismo tiempo, deseando descubrir cómo sería Alex en la cama, dentro de mí, si esa chispa que parecía danzar a nuestro alrededor a todas horas también seguiría presente.

15

LA SALSA HOLANDESA DE ALEX

Tras la dura sesión con Hilda, me había refugiado en una playa cercana para ver el atardecer. Resultaba triste observar como el sol, de un intenso color naranja, desaparecía lentamente del cielo. Después me había tumbado en la arena con los brazos extendidos en alto, admirando la belleza de las estrellas y estremeciéndome al recordar la cantidad de veces que las había mirado con Alex a mi lado, cuando nos subíamos la cena a la terraza del edificio donde vivíamos junto a una botella de vino.

Allí solíamos hablar de nuestros planes de futuro; los nombres que les pondríamos a nuestros hijos, los lugares que nos gustaría visitar, los problemas del trabajo o el asunto de mudarnos algún día a una zona de la costa. Alguna vez, en plena madrugada, habíamos hecho el amor bajo las estrellas y entre risas, con la esperanza de que a ningún vecino del edificio se le ocurriese subir a esas horas.

Y ahora todo aquello era historia.

Quizá fue ese pensamiento lo que me animó a ponerme en pie y a recorrer la distancia que me separaba de la casa de Alex. Al llegar, me detuve delante y vi que la luz del piso superior aún estaba encendida. Llamé con los nudillos a la puerta, incapaz de encontrar el timbre en medio de la oscuridad de la noche. Solo respondió el silencio. Ya estaba a punto de darme la vuelta, inventándome mil teorías sobre por qué se negaba a recibirme, cuando abrió.

Debía de gastar lo justo y necesario en camisetas, teniendo en cuenta que casi nunca llevaba una puesta. Evité desviar la mirada hacia su torso desnudo y la centré en el marco de la puerta. Ese trozo de madera parecía seguro e inofensivo.

—Hola —susurré, sin saber qué decir.

—¿Estás bien? —preguntó de inmediato.

—Sí, tan solo estaba paseando por la playa y me preguntaba por qué habías cancelado la sesión de hoy con Hilda. Ya sabes, no puedo evitar sentir curiosidad...

Me miró fijamente durante lo que pareció una eternidad.

—¿Quieres entrar? —preguntó despacio.

Me mordí la uña del dedo meñique, nerviosa.

—No hagas eso. —Alex me apartó la mano de la boca e inclinó la cabeza hasta que nuestros ojos se encontraron—. Si entras, no ocurrirá nada que tú no quieras que pase.

—Vale. —Solté de golpe todo el aire que había estado conteniendo.

Una camiseta roja colgaba del respaldo del sofá, la televisión estaba encendida, pero sin volumen, y sobre la mesita auxiliar del salón había un plato en el que todavía se distinguían restos de salsa holandesa.

¡Hacía tanto tiempo que no probaba esa deliciosa salsa! Más de un año, desde que Alex se había marchado, ya que él siempre se había encargado de cocinar, no solo porque lo hacía como un chef de primera, sino porque las probabilidades de que la cocina estallase en llamas por mi culpa eran bastante elevadas; calculaba que el peligro estaría en torno a un sesenta y nueve por ciento.

Me senté en el sofá y me hundí ligeramente en el mullido almohadón.

Recordé entonces una de nuestras discusiones, al principio, cuando estábamos a punto de mudarnos. Nos habíamos enzarzado en una batalla campal delante del dependiente de la tienda de muebles, porque Alex quería un sofá con una superficie blanda, mientras que a mí me parecían más cómodos los que eran duros como una piedra (y, además, en algún sitio, había leído que eran los adecuados para la espalda). Así pues, finalmente, nos decidimos por uno intermedio. ¿Conclusión? Ninguno de los dos estuvo jamás cómodo en ese sofá.

—¡Déjame adivinar lo que has cenado! —exclamé en un torpe intento por romper el hielo—. ¡Ternera con salsa holandesa!

Alex sonrió mientras se acomodaba a mi lado. ¿Por qué no podía sentarse en el sillón de enfrente? Entendía que estaba en su propia casa, pero esa proximidad ponía en alerta todos mis sentidos. Un cartel luminoso se encendió en mi cabeza: «¡Peligro, peligro!».

—Pensé que, después de lo que ocurrió anoche, no tenía mucho sentido seguir acudiendo a la terapia.

—¿Y por qué no? Hilda todavía no ha dado su veredicto.

—Sí, claro. —Alex se frotó la mandíbula con incomodidad. Volvimos a quedarnos en silencio y centré de nuevo la mirada en el plato vacío—. ¿Has cenado? —preguntó y yo negué con la cabeza—. ¿Quieres un poco? Ha sobrado salsa. Me aprendí las cantidades de memoria, así que continúo haciendo para dos.

No creía que mi corazón pudiese volver a romperse, pero aquel comentario fue como si me hundiesen un cuchillo en el pecho y lo retorciesen. Fue triste y doloroso; pensé que ojalá hubiese podido seguir comiendo salsa holandesa durante el resto de mi vida.

Hice un esfuerzo inhumano por sonreír.

—No puedo negarme, sabes que me encanta.

Alex se levantó y fue a la cocina. Estuve a punto de coger la camiseta roja, antes de seguirlo, y exigirle que se la pusiese, pero me contuve en el último momento y, desde el extremo más alejado de la estancia, observé cómo colocaba una sartén al fuego; a continuación, sacó un filete de carne de la nevera. Cuando se giró, me recreé deslizando la vista por su espalda, los definidos hombros, la estrecha cintura...

—¿Tienes un poco de vino? —pregunté.

Quizá un trago lograse calmar la ansiedad.

Me miró de reojo mientras le daba la vuelta al filete.

—Sí. Está en la nevera. Sírvete tú misma. ¿Has venido en taxi?

—No, al final hemos alquilado un coche —expliqué, tras coger la botella y mirar a mi alrededor, intentando deducir en qué armario estarían las copas. Antes de que pudiese preguntárselo, abrió el mueble más cercano y me tendió dos. Las llené ambas todo lo posible.

—Me alegro. —Tiró unos granitos de sal sobre el filete de carne—. Así podréis ver algunos lugares de la zona. Conozco sitios increíbles por aquí cerca, puedo darte algunos folletos...

—No, no, gracias. Hannah ya tiene una tonelada de propaganda turística.

—No sabía que Hannah supiese leer —soltó.

Le dirigí una mirada asesina que no pareció afectarle. Él depositó con cuidado el filete de carne sobre un plato y después vertió por encima la salsa holandesa. Olía tan bien y tenía un aspecto tan delicioso... que olvidé su último comentario mordaz.

Mientras devoraba la cena, tenía la sensación de que habíamos retrocedido en el tiempo, como si nada hubiese cambiado. Alex, a mi lado, relajado y tranquilo, volvió a llenar las dos copas de vino y empezó a cambiar de canal hasta regresar al número uno.

—¿Te apetece ver una película? —preguntó.

Luego movió el cuello de un lado a otro, aliviando la tensión muscular. Ese gesto tan familiar hizo que me estremeciera y dejé el plato vacío sobre la mesa.

—En realidad, creo que debería irme. Tan solo pasaba por aquí por el tema de la sesión, pero, ya sabes, tú y tu salsa holandesa... Era difícil resistirme.

—Has bebido. No vas a coger el coche.

Él activó el videoclub de la televisión. Yo reí con nerviosismo.

—Lo siento, quizá mañana podamos ver una película, pero ahora estoy muy cansada.

Todavía no había logrado alcanzar mi bolso, que colgaba del brazo del sillón, cuando Alex se levantó decidido del sofá, cogió las llaves de la repisa de la entrada y le dio la vuelta a la cerradura de la puerta. Después, cuando se las guardó en el bolsillo del pantalón, los músculos de su estómago se flexionaron de un modo tan seductor que estuve a punto de empezar a hiperventilar. Era eso o arrodillarme allí mismo y lamerle el ombligo.

—Veamos, ¿qué tipo de película quieres ver? —Me miró sin soltar el mando de la televisión—. ¿Drama? ¿Comedia? ¿Acción...?

—¡No puedes secuestrarme!

—La nueva de Sylvester Stallone tiene buena pinta.

—¡Por encima de mi cadáver! Paso de ver una de esas películas en las que solo hay explosiones y disparos y... más explosiones. Me niego.

Alex dejó de navegar por el videoclub online, puesto que estaba sumamente ocupado... desabrochándose el botón de los vaqueros.

—¿Qué demonios estás haciendo? —grité y di un salto hacia atrás para alejarme de él.

—Ponerme cómodo. —Señaló mis pies—. Vamos, quítate los zapatos, sé que lo estás deseando.

—No —mentí y tragué saliva—. ¿Cuánto presupuesto inviertes anualmente en camisetas? Por lo que veo, se ha reducido significativamente.

Emitió una cálida carcajada que llenó el salón.

—Lo justo. Ahora me estoy planteando empezar a ahorrar también en pantalones. Al fin y al cabo, ¿son realmente necesarios?

Lo ignoré cuando distinguí la carátula de *Los puentes de Madison* entre las películas que estaban en oferta y, casi sin darme cuenta, me senté en el sofá, a su lado.

—¡Oh, esa, por favor! ¡Me encanta el papel que hace Meryl Streep! ¡Y Clint Eastwood! Y todo... ¡todo es perfecto!

Negó efusivamente con la cabeza.

—Me niego a pasar otra vez por una tortura semejante. Escoge cualquier otra.

—¡Pero acabas de decir que podía elegir la que quisiese!

—Porque no sabía que ese bodrio estaba en el videoclub. No puedo soportarla.

—¡Está bien! —desistí finalmente—. Pues entonces, veamos... *Posdata: Te quiero.*

—¡Joder! —masculló, pero terminó accediendo.

Tras unos primeros veinte minutos de máxima tensión (¿cómo colocar las piernas?, ¿por qué Alex me miraba de reojo cada dos por tres?, ¿en qué parte de la película estábamos ya?), conseguí relajarme y apoyé la cabeza en el brazo del sofá.

Ver una película con Alex sin estar tumbada sobre su cuerpo, acurrucada entre sus brazos, era casi antinatural, raro e ilógico. Tenía la sensación de que ambos estudiábamos concienzudamente cada uno de nuestros movimientos, hasta el punto de que se me antojaban artificiales, falsos, como si acabásemos de convertirnos en robots manejados por control remoto. Sin embargo, poco a poco los dos nos fuimos relajando hasta el punto de que, cuando la película llegó a su fin, casi me había quedado dormida. Ante el silencio sepulcral tras apagar la televisión, logré espabilarme rápidamente.

—Acabamos de batir todos los récords —dijo Alex con la mirada fija en el reloj que colgaba encima del mueble principal—. Más de una hora sin discutir.

Ambos nos reímos y me gustó pensar que lo hacíamos juntos.

—Deberíamos repetirlo algún día. Quizá incluso logremos superar esta nueva marca.

—¿Tú crees? Creo que hemos puesto el listón demasiado alto. —Suspiró mientras se levantaba—. ¿Dónde has aparcado? Vamos, te acompañaré hasta el coche.

De pronto tuve la sensación de que me estaba echando de su casa. Toda yo era una contradicción andante, porque, para empezar, ni siquiera había sido idea mía quedarme allí más de lo estrictamente necesario (es decir, hasta terminarme los restos de salsa holandesa), pero, a pesar de todo, una parte de mí no quería despedirse de él.

Me levanté a trompicones del sofá y cogí el bolso. Él se sacó las llaves del bolsillo de los vaqueros y le dio la vuelta a la cerradura de la puerta.

—¿No piensas vestirte para salir fuera?

—No era algo que entrase en mis planes —respondió—. Pero si insistes... —añadió sonriente tras estirar el brazo para coger la camiseta roja.

La gente no solía ir desnuda por las calles de Nueva York. Bueno, vale, miento. De vez en cuando se organizaba alguna de esas manifestaciones hippies (a Hilda le habría encantado asistir a tales eventos culturales) y, a modo de reivindicación, ciertas personas paseaban sus atributos por la ciudad.

—No te he insistido. Quiero que conste en acta que tan solo he hecho una pregunta totalmente inocente.

—Sé perfectamente cómo funciona tu cerebro —comentó siguiéndome el paso—. Sueltas frases sin ton ni son que sueles clasificar como «consejos», «sugerencias» o «preguntas inocentes» cuando, en esencia, son simples órdenes que deseas ver cumplidas a rajatabla.

Caminé más rápido hasta llegar al coche y, cuando al fin lo alcancé, me giré hacia él cabreada.

—Gracias por estropear nuestro nuevo récord.

Alex puso los ojos en blanco.

—Es la verdad, ¡tan solo he dicho la verdad! ¿Lo ves? Siempre te cabreas por cualquier cosa. Relájate. Tómate la vida con humor. No sé, prueba otra vez lo de esas clases de yoga...

Sé que lo único que debía hacer era inspirar hondo, llenar los pulmones de armonioso oxígeno y calmarme. La sesión con Hilda había resultado bastante esclarecedora, sin embargo, aunque llegados a ese punto sabía que gran parte de la culpa me correspondía, seguía sintiéndome dolida. Y atacar a la persona causante de ese intenso dolor era un reflejo primitivo e instintivo. Pura supervivencia.

Abrí la puerta del coche con un fuerte tirón.

—Tienes razón, debería relajarme, creo que lo único que necesito es echar un polvo. Gracias por tus consejos, los tendré muy en cuenta. Buenas noches.

Alex me sujetó de la muñeca, impidiendo que entrase en el vehículo. Su mirada era tan intensa que quemaba. En medio de la oscuridad, no podía distinguir el palpitar de la vena de su cuello, pero estaba segura de que ahí estaba. Por retorcido que pudiese parecer, me sentí aliviada al lograr algún tipo de reacción por su parte, como si así me demostrase a mí misma que, muy en el fondo, no le era del todo indiferente.

Acercó excesivamente su rostro al mío, hasta el punto de que pude sentir la calidez de su aliento. ¿Por qué no podía mantener las distancias? ¿Por qué me torturaba constantemente? Quería que sufriese un ictus cerebral, estaba segura de ello en un ochenta por ciento.

—¿Has conocido a alguien? —siseó.

—¿Eh? ¿De qué estás hablando?

—¿Has conocido a alguien con quien puedas echar un polvo? —especificó sin soltarme.

Llegados a ese punto, era plenamente consciente de que la situación se me estaba yendo de las manos. Miré a mi alrededor, intentando encontrar una salida...

¿Sabéis que la probabilidad de recibir el impacto de una pieza de un avión desde el cielo es de 1 entre 10 000 000? ¿Debía mantener la esperanza de que ocurriese en ese mismo instante? Hubiese sido una distracción sin precedentes; mientras Alex se quedase embobado observando la pieza del artefacto, aprovecharía el caos generado para escapar a toda velocidad.

—De ser así, ¿crees que te lo diría? No es asunto tuyo —añadí, fingiendo sentirme conmocionada por su atrevimiento. Dios, era una actriz sensacional.

Alex soltó mi muñeca y dio un paso atrás sin dejar de mirarme.

Ahí debería haberme subido al coche para irme de una vez por todas, pero, por el contrario, con el corazón latiéndome a trompicones, eché por tierra toda mi anterior teoría sobre la intimidad, no meterse en asuntos ajenos y blablablá.

—¿Y tú? —titubeé—. ¿Te estás viendo con alguien?

«Samantha», «Samantha», «Samantha».

Ese nombre retumbaba una vez tras otra en mi cabeza.

«Sensual», «sexy», «sílfide», «sirena».

Y las características que la definían, también.

—Es posible —contestó despacio, con la voz ronca, deslizando esas dos horribles palabras entre sus labios como si llevase siglos meditándolas.

Nota mental: No llorar, no llorar, no llorar.

No sé exactamente cómo lo conseguí, pero al final

subí al coche y cerré la puerta dando un golpe seco. Metí las llaves en el contacto, a pesar de que las manos me temblaban, y pisé el acelerador, alejándome de allí lo más rápido que pude, incapaz de mirar a través del espejo retrovisor lo que estaba dejando atrás.

¿Se enfadaría Hilda si aparecía en su casa a las tres de la madrugada?

¿Encontraría el camino hacia su «consulta» en medio de la oscuridad?

¿Me denunciaría por acoso? Necesitaba hablar con alguien.

Finalmente, deseché la opción de ir hasta allí, porque no tenía intención de pasar mis vacaciones arrestada o internada en un psiquiátrico. Sin embargo, cuando llegué al bungaló, presa de la desesperación, me dirigí a la habitación de Hannah y sacudí suavemente su pierna para despertarla. Podría haber acudido a Elisa, que seguramente me hubiese felicitado por mi brillante comentario sobre echar un polvo con mi amante imaginario, dado que mentir era para ella una solución válida para combatir cualquier problema. Y juro que quería hacerlo, pero mis pies se movieron solos, dando un paso tras otro hasta terminar entrando en el cuarto de Hannah, como si el destino (el horóscopo, los posos de café o lo que fuese) me guiase hacia el camino de la bondad.

—¡Qué susto me has dado! —exclamó, llevándose una mano al pecho.

—Lo siento.

Hannah encendió la lamparilla de noche y se frotó los ojos. Vestía un precioso (y carísimo) pijama azul de seda que tenía lacitos por todas partes. Admiraba su capacidad de estar siempre perfecta, incluso durmiendo. Yo solía utilizar las típicas camisetas gigantes que regalaban de propaganda a modo de pijama, a conjunto con viejos pantalones de chándal que jamás habían llegado a cumplir su verdadera función, es decir, la deportiva.

—¿Te encuentras bien? Has estado con Alex, ¿verdad? Nos tenías preocupadas, pero no queríamos llamarte para no volver a interrumpir... —Asentí con la cabeza—. ¿Quieres tumbarte aquí? —preguntó dejándome un hueco en la cama.

Me acomodé a su lado, manteniendo la vista clavada en el techo. Aquella situación me recordó exactamente a la noche en la que todo se rompió. Tras ir a casa de Hannah, habíamos dormido juntas. Si es que al acto de que tu mejor amiga te pase un pañuelo tras otro, porque eres incapaz de dejar de llorar, se le puede llamar dormir.

—No te preocupes. Seguro que todo saldrá bien.

Hubiese podido creerme sus palabras, si no fuese porque se parecían demasiado a las que había pronunciado un año atrás. Todavía podía recordar con exactitud el momento en el que abrí la puerta del apartamento, a la mañana siguiente, dispuesta a solucionar todo aquel malentendido... Pero fue demasiado tarde. Se había ido. Y ni siquiera se había molestado en dejar una nota, una señal, un... ¡no sé! ¡Cualquier cosa me hubiese bastado!

—¿Puedo confesarte una cosa?

—Claro.

—No creo que pueda estar jamás con nadie más; no como con él, al menos. He imaginado desde pequeña cómo sería mi boda y siempre, siempre... estaba allí Alex, sonriendo, esperándome... No concibo mi vida con otra persona, a pesar de lo diferentes que somos, a pesar de que las cosas nunca fueron nada fáciles, a pesar del daño que nos hemos hecho mutuamente... —Suspiré hondo—. A veces pienso en cómo sería Alex si no tuviese todas esas cosas que me sacan de quicio, como ser impuntual, un poco irresponsable, demasiado impredecible... Y no sé, no sé si entonces me gustaría tanto porque, de algún modo un poco retorcido, él ya no sería ese Alex que tan bien conozco, del que siempre he estado enamorada. Pero será mejor que mañana finjamos que nunca he dicho nada de todo esto, porque me he pasado años criticando sin parar todo eso que, en el fondo, no quiero que cambie, y cualquiera podría pensar que estoy completamente loca.

Hannah se dio la vuelta en la cama.

—Sabes que él aún te quiere, ¿verdad?

—Puede que todavía me guarde cariño, pero las cosas han cambiado, él ha rehecho su vida...

—¿Se lo has preguntado?

—¿Preguntarle el qué?

—Si todavía te quiere.

Hannah era demasiado inocente. Eso explicaba que el ochenta por ciento de sus parejas sentimentales hubiesen terminado arrasando su cuenta bancaria y abandonándola poco después.

—Será mejor que nos durmamos ya —contesté con tristeza—. Tengo ganas de que llegue mañana. Un nuevo día. Empezarlo todo de cero.

16

(ANTES) SI QUEDABA ALGÚN PEDAZO...

Alex me dio un beso suave al recibirme en la puerta del estudio en el que vivía. Era pequeño, de unos treinta metros cuadrados, pero en aquella ciudad cualquier lugar así costaba una fortuna. Me cogió de la mano y me guio hasta la mesa redonda de madera que estaba justo delante de la ventana. Sonreí.

—Me encantan las vistas. Y esto de aquí —dije señalando la vela encendida que había en medio de los platos aún vacíos—. Y todo tú —susurré antes de ponerme de puntillas para alcanzar de nuevo sus labios.

Alex se dejó llevar, respirando contra mis labios.

—No me tientes o no llegaremos a la cena.

Quise decirle que me arrancase la ropa allí mismo, pero tomé aire y di un paso atrás. Por lo que me había dicho cuando habíamos hablado por teléfono una hora antes, llevaba toda la tarde cocinando para mí y tampoco quería echar a perder todo el esfuerzo. Así que me quedé en el salón que comunicaba con la cocina mientras él terminaba y servía los platos, que tenían una pinta increíble.

—¿Qué es? —pregunté.

—Salsa holandesa.

La probé con un trozo de carne.

—Sabe tan bien que voy a desmayarme.

Alex se echó a reír y nos acabamos la cena entre la conversación, miradas de reojo que parecían gritar todo lo que callábamos y alguna que otra caricia por debajo de la mesa. Lo ayudé a lavar los platos y luego nos pusimos un poco de licor de mora antes de sentarnos en el sofá. Había algo inquieto en los ojos de Alex. Impaciencia. Y deseo.

Me miró por encima del vaso, serio, antes de terminarse el licor de un trago, en menos de lo que dura un pestañeo. Un segundo después estaba sobre mí, tumbado en el sofá y besándome como si no llevase semanas haciéndolo y esa fuese nuestra primera vez. Entreabrí los labios, con el corazón latiéndome agitado dentro del pecho tan rápido que me asusté. Lo ayudé a quitarse la camiseta que llevaba puesta sacándosela por la cabeza antes de deslizar mis manos por su espalda.

—Necesito... Te necesito ya... —dijo él—. Pero no encuentro... la dichosa cremallera.

—Lateral. Está en el lateral —logré jadear.

Alex deslizó las manos por mis caderas, subiendo hasta dar con la cremallera del vestido para bajarla con un tirón brusco. Se quedó callado un segundo, mirándome al apartar la tela oscura, y me quedé en ropa interior, una de encaje y de color granate que había elegido esa noche precisamente para él. Se lamió los labios, sin dejar de observarme, y el gesto me pareció una de las visiones más eróticas que había tenido en toda mi vida.

—No aguantaré unos preliminares.

—Yo tampoco —contesté riendo.

Mis manos buscaron la hebilla de su cinturón y él se quitó los pantalones vaqueros antes de volver a clavar sus ojos en mí, como si fuese una enorme tarta de nata que desease devorar.

—Eres como una tarta de nata —me susurró.

—¿Estás de broma? ¡Era lo que estaba pensando!

—¿Pensabas en tartas? ¿Tanto te aburres? —Se echó a reír y yo estaba a punto de hacerlo también, pero la carcajada se me quedó atascada en la garganta cuando me apartó el sujetador con los dientes, tirando hacia abajo, justo antes de lamerme el pecho.

Arqueé la espalda y cerré los ojos. Alex sopló sobre mi piel, que se erizó en respuesta, y besó cada recoveco que encontró, cada curva y cada imperfección. Por primera vez en años, me sentí preciosa y tuve ganas de llorar. Cuando él se dio cuenta, atrapó mis labios entre los suyos y ya no hizo falta que ninguno de los dos dijese nada más. Despacio, casi a cámara lenta, sentí cómo se abría paso en mi interior. Tenía los ojos clavados en mí mientras se hundía más profundo. Si quedaba algún pedazo de mi corazón que todavía me perteneciese, Alex se lo llevó en ese mismo instante, mientras me embestía susurrándome que era perfecta para él, mientras respiraba contra mi mejilla, agitado, y mientras se perdía dentro de mí, llevándome con él y abrazándome con fuerza.

17

ENTRE SECUOYAS Y LOCURAS

A la mañana siguiente, nos propusimos ver las secuoyas en el Sequoia National Park. Era uno de los lugares más conocidos de la zona, tal como se especificaba en los panfletos de Hannah, y entre semana no solía haber tanto ajetreo turístico. Así que, con la excusa, por fin pude estrenar unas mallas negras, aprovechando que haríamos una caminata de casi siete kilómetros por el bosque.

Durante unas horas, olvidé todos mis problemas. California estaba llena de contrastes, aquel paisaje era espectacular. Aunque éramos de las últimas del grupo, podía escuchar al guía que iba explicando los secretos del lugar. Allí estaban los árboles más grandes del mundo, era impresionante observarlos desde abajo. Me sentía diminuta en medio de aquel claro repleto de árboles inmensos, donde las copas casi tapaban el cielo.

Cuando el guía se detuvo delante del que parecía ser el ejemplar más alto, explicando que medía setenta y seis metros, casi todos los turistas fuimos turnándonos para hacernos la típica fotografía a los pies del tronco de la secuoya. Los más graciosos intentaban fingir que se esforzaban por abrazarla y los demás se limitaban a sonreír. Me acerqué al grupo que acababa de fotografiarse y le tendí mi cámara a uno de los chicos.

—Perdona, ¿te importaría sacarnos una foto?

—Claro. —Sonrió y asintió—. No hay problema.

Me acerqué a Hannah y a Elisa. Ambas tocaban el tronco con las manos, mostrando una amplia sonrisa y posando para la cámara. Me coloqué en medio e intenté que mi sonrisa pareciese la mitad de sincera que las de ellas.

—Ya está —dijo tras hacer varias fotografías.

—Muchas gracias.

Me devolvió la cámara.

—De nada. Me llamo Dylan, por cierto.

—Yo soy Emma. —Intenté ser simpática—. Y ellas, Hannah y Elisa —añadí.

—¿Estáis de vacaciones? —Continuamos andando por el sendero.

—Sí, las tres vivimos en Nueva York.

—¿En serio? —Dylan sonrió ampliamente—. ¡Nosotros también! Bueno, mi hermano pequeño no, él reside ahora en Texas. Es el más bajito de allí —dijo señalando al grupo de amigos que lo acompañaban y que se habían adelantado; uno de ellos charlaba con Hannah.

—Qué coincidencia —contesté sin mucho interés.

¿Por qué no podía interesarme ningún otro hombre? ¿Por qué siempre los comparaba a todos con Alex y terminaban saliendo mal parados? Era incapaz de conectar con nadie más. No conseguía sentirme cómoda, no lograba ser yo misma. Probablemente, porque ni

137

siquiera permitía que esa posibilidad pudiese existir. Como en aquel caso. Porque sí, era un poco irreflexivo hacer un escaneo tan rápido del tal Dylan, pero me había acostumbrado a actuar así con el paso del tiempo. En realidad, era atractivo. No como Alex, por supuesto. Tenía el cabello bonito, castaño claro, bien peinado. Y sus ojos eran pardos, tirando a verdes, pero carecían de ese brillo travieso que él sí tenía... En fin, ya sabéis a qué me refiero.

—Podríamos quedar para tomar algo.

—No suena mal —respondí.

—Y nuestros amigos han hecho buenas migas.

—Ajá. Eso parece.

—¿En qué zona os hospedáis?

—Por Playa del Rey.

—Estamos cerca entonces, a unos quince minutos en coche.

Apenas volvimos a hablar, pero no se apartó de mi lado durante el resto del trayecto. Me sentía torpe caminando tan cerca de él, en tensión. ¿Y si tropezaba y caía en un charco de lodo? No parecía un final agradable para una primera toma de contacto. En cambio, si Alex hubiese sido quien presenciase tal situación (en el supuesto caso de darse, puesto que la posibilidad en sí existía), nos habríamos reído como locos. Probablemente, incluso me habría hecho una fotografía para que, tiempo después, ya en nuestro acogedor apartamento, hubiésemos rememorado aquel momento viendo el álbum de recuerdos.

Antes de que la excursión llegase a su fin, Hannah intercambió su número de teléfono con uno de los amigos de Dylan y ellos nos preguntaron si aquella noche teníamos planes.

—No, no, ningún plan. Somos tres mujeres sin planes —contestó Elisa, con su típico tonillo de abogada psicópata—. Aunque, por supuesto, estoy prometida. Felizmente prometida. Pero mis queridas amigas —nos miró a ambas con evidente intención— están totalmente solteras.

¿Acaso se podía estar *medianamente* soltera?

Tras las palabras de Elisa, advertí que Dylan sonreía sin despegar sus ojos de mí.

—Vale, pues no se hable más, quedemos esta noche. Os llamamos luego. Podemos acercarnos a Playa del Rey.

—¡Qué guay! —Hannah aplaudió animada.

Durante todo el trayecto de regreso en coche, no dejé de preguntarme, una y otra vez, si sería cierto que Alex había rehecho su vida tan fácilmente. En palabras textuales, era «posible» que estuviese conociendo a alguien; no, no dejaba demasiadas dudas en el aire.

Me costaba imaginármelo con otra persona, besando unos labios que no fuesen los míos, acariciando un cuerpo desconocido... Apoyé la cabeza en el cristal, sentada en la parte trasera del coche, agradeciendo en silencio que Elisa se hubiese ofrecido a conducir durante el camino de vuelta. Ni siquiera tenía fuerzas para sentirme enfadada. No, no era eso, no notaba ni un atisbo de rabia bullendo en mi interior. Tan solo estaba... triste.

—¿Qué te parece Dylan?

Tardé un rato en contestar, puesto que no estaba segura de que la pregunta fuese dirigida a mí, hasta que vi que Elisa desviaba la mirada de la carretera para observarme a través del espejo retrovisor. Me encogí de hombros.

—No está mal.

—Chica, si llegas a contestar con un poco más de entusiasmo, estalla el coche —ironizó al tiempo que negaba con la cabeza—. Emma, tienes que seguir adelante. Ese chico es mono, parece simpático y, lo mejor de todo, vive en Nueva York. ¡Esto sí que es toda una coincidencia! ¿No hablas ahora de rollos del destino, Hannah?

Hannah terminó de aplicarse brillo de labios, con la ayuda de un pequeño espejo ovalado que siempre solía llevar encima.

—Yo creo que hace mejor pareja con Alex. Cuando estaban juntos, eran ideales.

Elisa le dirigió una mirada letal. No sé cómo Hannah seguía viva, sinceramente.

En realidad, no estaba de acuerdo con ninguna de las dos. No quería saber nada de Alex... ni de ningún otro hombre. Mi vida, a fin de cuentas, no era tan horrible. Estar sola ofrecía algunas ventajas, como no tener que preocuparme por si llevaba ropa desaliñada para estar por casa, hacer planes sin tener en cuenta a nadie más, ver cien mil quinientas películas románticas sin escuchar ninguna queja de fondo, gastarme media nómina en elegantes vestidos que nunca llegaba a utilizar o en velas aromáticas...

—Dale una oportunidad. Quizá sea tu media naranja —insistió Elisa.

—A mi media naranja ya la encontré. El único problema es que era gilipollas.

Las tres nos echamos a reír, pero en cuanto el silencio invadió de nuevo el coche, volví a sentirme triste, como si aquel momento hubiese sido solo un espejismo.

—Sea como sea, esta noche quedaremos con ellos.

Sin presiones. Tan solo para dar una vuelta, tomar algo, charlar un rato...

Suspiré dramáticamente.

Si no hubiese dicho aquella estúpida frase sobre echar un polvo... ¿Por qué mi boca pronunciaba palabras que mi cerebro no llegaba a procesar? Se suponía que ambas partes debían ir a la par, conectadas. Era la ley de la naturaleza, de la fonética, o de algo similar.

Aunque quizá era mejor saberlo directamente. Si hubiese cerrado el pico la noche anterior, nunca me habría enterado de que él estaba viéndose con otra persona. Con Samantha, probablemente. Puede que echar un poco de sal en la herida ayudase de algún modo maquiavélico a que se cerrase antes y cicatrizase de una vez por todas.

—Vale, me parece bien lo de esta noche —accedí, incorporándome hacia delante y apoyando la mano en el respaldo del asiento de Hannah—. Pero antes, tenéis que hacerme un favor.

Elisa puso los ojos en blanco.

—¿Ese favor está relacionado con Alex?

—Eh... bueno...

Fruncí el ceño mientras Elisa daba golpecitos con el dedo sobre el volante del coche.

—¡CONFIESA, Emma! —gritó de pronto.

—¡Sí, SÍ!

¡Por Dios! El corazón me latía a mil por hora. Me había asustado. Qué cruel era esa mujer. Pobres de los asesinos que tenían que sentarse en el estrado frente a ella. ¿Cómo narices había conseguido ligarse a un tío como Colin? Él era... perfecto. Quizá le iba la sumisión o algo así.

Media hora después, las tres seguíamos en el interior del coche de alquiler, a pesar de que el motor estaba apagado. Con las gafas de sol puestas (os lo repito, son infalibles), observé a través de la ventanilla la playa que tenía delante. La misma playa en la que habíamos tomado la clase de surf con Alex días atrás. Tal vez, si lo veía con mis propios ojos al lado de otra mujer, lograse superar la ruptura de una vez por todas.

No era fácil distinguir a todas las personas que había en el agua practicando surf, pues estábamos demasiado alejadas de allí. Intenté recordar de qué color era el bañador que Alex llevaba la última vez, pero probablemente había estado tan concentrada en rememorar lo que había debajo del bañador que no me había molestado en fijarme.

—¡No lo entiendo! —Elisa jugueteó con el ambientador del coche—. No entiendo por qué quieres ver a tu exnovio con otra persona. Es un poco masoquista, Emma.

—Creo que necesita comprobar si todavía lo quiere.

—No consigo ver nada desde aquí... —me quejé, ignorándolas.

—Ten, toma mis prismáticos.

Pestañeé confundida cuando Hannah, tras sacar unos binoculares de la mochila que se había llevado a la excursión, los dejó sobre mis piernas.

—¿Qué haces con eso encima? —pregunté.

—No sé, como íbamos a hacer senderismo... —Se encogió de hombros—. También llevo barritas energéticas, una bolsa de maquillaje, un cepillo del pelo, algunos chicles de sabor melón... —prosiguió mientras revolvía en su mochila.

Dejé de escuchar cuando, al fin, con los prismáticos de Hannah conseguí distinguir a Alex en el agua. De pronto, los latidos de mi corazón se aceleraron y noté que tenía la boca seca.

Alex estaba rodeado por tres chicas que llevaban tablas de surf. Y, por supuesto, una de ellas era rubia, alta... y sabía de primera mano que se llamaba Samantha. Estaba tumbada sobre la tabla, boca abajo, con las piernas en alto y remando con las manos.

—¿Lo has encontrado ya? —preguntó Hannah, pero no pude contestar.

Alex se acercó nadando a Samantha, que en ese momento bajó de la tabla con una elegancia que poco tenía que ver con mis torpes movimientos. Ella sonrió y él correspondió su sonrisa. O eso creí ver, porque la escena era demasiado difusa como para poder distinguir sus gestos con claridad, así que los detalles corrían a cargo de mi desbordante imaginación. Entonces, Samantha saltó sobre él, rodeándolo con los brazos. De súbito, como si estuviese histérica por algo. Recé por dentro, esperando que Alex se apartase en ese momento. Pero no lo hizo. Se quedó allí, en el agua, quieto, dejando que ella lo abrazase.

Lancé los prismáticos al otro lado del asiento, me quité las gafas y me presioné con fuerza el puente de la nariz, con la vista clavada en la alfombrilla del coche.

—Cuéntanos qué has visto, Emma —rogó Elisa en un tono suave poco habitual en ella.

—No, na-nada. Todo está bien. —Respiré hondo—. Volvamos al bungaló, quiero prepararme para esta noche. —Les sonreí intentando tranquilizarlas, aunque sé que no coló, porque ambas seguían mirándome preocupadas—. Hannah, ¿me dejas tu vestido negro? El ajustado con la espalda descubierta.

A ella le quedaba un poco grande. Por eso para mí era ajustado, claro.

—¡Por supuesto! ¡Y puedes quedártelo, te lo regalo!

Negué con la cabeza. Por eso las adoraba. Porque Elisa tenía su parte tierna, pero sabía cuándo debía mantenerse firme para no dejarnos caer, y Hannah, por el contrario, era toda bondad y, a pesar de haberse criado en un ambiente elitista, la persona menos codiciosa y fría que jamás había conocido.

—Gracias, chicas, de verdad —susurré.

Pasamos la tarde viendo la televisión, aprovechando que hacían reposición de capítulos sueltos de *Sexo en Nueva York*. Me comí un bollo de chocolate para merendar y juré que jamás volvería a hacer dieta, mucho menos si era por un tío de algún modo indirecto. Fue como si el tiempo no hubiese pasado y aún fuésemos unas jóvenes estudiantes que compartían piso.

Horas más tarde, cuando intentaba abrocharme la cremallera del vestido de Hannah, me acordé del dichoso bollo de chocolate. No subía. No me cabía. Ideal para reforzar la escasa autoestima que me quedaba.

—Deja que te ayude —se ofreció Elisa, tras dejar la plancha del pelo a un lado.

No sé exactamente cómo lo hizo, pero logró subir la cremallera. ¡Milagro!

Me miré en el espejo del baño, mientras ella continuaba alisándose el cabello, estudiando el resultado. Si exceptuaba el hecho de que mis pechos parecían luchar por salir de aquel vestido, me sentaba bastante bien. Tragué saliva, observando a la mujer que me devolvía la mirada tras el espejo. Tenía los ojos marrones, de un color clarito. Cierto espécimen conocido como «Alex» solía decir tiempo atrás que mis ojos eran dulces. Llevaba el cabello, de un castaño tan oscuro que parecía negro, suelto y muy largo. Quizá nunca me había gustado cortármelo demasiado por los estropicios que mi madre había hecho con mi pelo cuando era pequeña; puede que sufriese algún tipo de trauma capilar.

En general, era bastante normal físicamente. No sé por qué en ocasiones me obsesionaba tanto con mi imagen. Tenía un cuerpo curvilíneo, sí, pero también una piel sin imperfecciones, por lo que apenas necesitaba maquillarme, y unas pestañas larguísimas. Debía empezar a valorarme de un modo más positivo. En algún lugar (probablemente en una de las revistas de Hannah) había leído que el atractivo de una persona tenía mucho que ver con la actitud y la imagen que ofrecía a los demás de sí misma.

Me lo repetí mientras salíamos. Habíamos quedado con nuestros nuevos amigos en un pub que estaba a unos diez minutos a pie del bungaló. En cuanto entré, supe que no tenía nada que ver con el local caribeño que Alex solía frecuentar. Aquel lugar, por el contrario, me recordaba un poco a Nueva York. La decoración era minimalista, no estaba atestado, la gente iba vestida y los sillones parecían cómodos.

En una de las primeras mesas, distinguí a Dylan. Tan solo iba acompañado por el que creía que era su hermano pequeño y un joven pelirrojo que, a primera vista, parecía escocés.

Dylan sonrió mientras me acomodaba a su lado.

—Ya pensaba que no vendríais.

—Se nos ha hecho un poco tarde.

Tras excusarse, Elisa alzó la mano cuando uno de los camareros se dirigió a la mesa de al lado. Nos atendieron un minuto después, sin esperas, sin que tuviésemos que ir hasta la barra y anotando el pedido de tres San Francisco en un bloc de notas. Maravilloso.

Sonaba una música ambiental de fondo, pero el volumen estaba bajo, así que se podía hablar cómodamente. El tipo pelirrojo comentó que era abogado y, un segundo después, él y Elisa comenzaron a hablar de importantes casos judiciales que nadie más parecía conocer.

—¿Y tú a qué te dedicas? —Dylan me miró de reojo mientras le daba un trago a su bebida. No estaba segura de qué había pedido, pero el líquido tenía un color azul intenso, similar al de los ojos de Alex.

«Auch. Mierda.» Estaba enferma.

—Trabajo en una editorial, llevo un sello de novela romántica.

—Interesante... ¿Publicas cosas estilo *Cincuenta sombras de Grey*?

En aquel momento, para mi sorpresa, me eché a reír a carcajadas. Mis amigas me miraron emocionadas, intentando adivinar qué me había hecho tanta gracia.

—Vaya, gracias por tu reacción. —Dylan sonrió, tenía las mejillas ligeramente sonrojadas—. Hacía siglos que no me sentía tan gracioso al lado de una chica.

—Lo siento. —Tosí, intentando reponerme—. En realidad, la línea que llevo se ajusta a unos cánones románticos más convencionales, aunque actualmente el mercado nos pide que publiquemos novelas de corte erótico, así que no lo descartamos.

—Suenas muy profesional.

—Y tú, ¿a qué te dedicas?

—Escribo libros eróticos.

Hubo un silencio antes de que volviésemos a estallar en carcajadas.

—Era broma —consiguió decir—. Soy arquitecto.

Clavé la mirada en la mesa de madera mientras removía mi San Francisco con la pajita rosa. Dylan parecía un tío genial. Divertido, guapo, con un trabajo estable...

¿Lo malo? No me atraía en lo más mínimo. Me hubiese gustado que provocase algún tipo de reacción en mi cuerpo que, para variar, no parecía conectar bien con mi cerebro. Era como si fuesen dos partes de mi anatomía que nada tenían que ver la una con la otra. No pedía mariposas o que me diese un vuelco el estómago, me conformaba con... algo, cualquier cosa, pero algo.

La noche fue tranquila, sin ningún contratiempo. Resultó agradable disfrutar de unas horas de paz. Tenía su encanto poder hablar con alguien comprensivo y con la seguridad de que la conversación no terminaría convirtiéndose en una apoteósica discusión de un momento a otro.

Tras unas cuantas copas, Hannah comentó que le gustaría ir a algún local más animado donde poder bailar. Ya habíamos salido de allí cuando Dylan me propuso dar un paseo tranquilo por la playa.

—Claro. ¡Id, divertíos! —exclamó Elisa con demasiado ímpetu.

Dudé, insegura, sin saber qué excusa poner.

—No sé... No he cogido las llaves...

—Toma las mías. —Elisa zanjó la discusión entregándome sus llaves.

Me las pagaría, sí, tarde o temprano.

18

(ANTES) ALEX OLÍA A VERANO

Los siguientes meses fueron felicidad, risas, horas encontrándonos entre las sábanas de su cama, paseos al atardecer y momentos para guardar en el recuerdo. Estar con Alex siempre era intenso, inesperado. Noches en las que terminábamos comiéndonos a besos, hablando en susurros de nuestros sueños, de los planes que haríamos juntos. Noches bonitas, llenas de carcajadas. Noches frente a la ventana de su estudio, abrazada a él, en las que pensé que Alex olía a verano, el que estábamos pasando juntos, y que quería que fuese eterno.

19

ACABAR DETENIDOS JUNTOS, ¿ES AMOR?

No es que me pareciese desagradable la idea de pasear con Dylan; no lo conocía ni sabía nada de él, pero estaba segura de que me sentiría incómoda a su lado, porque eso era lo que me ocurría con casi todo el mundo. En primer lugar, por mi culpa. Sí, no tenía problemas en admitirlo. Cuando pasaba el rato con alguien extraño, tendía a ponerme nerviosa y esos nervios siempre acababan en mi boca, de ahí que soltase tonterías sin ton ni son. El ochenta por ciento de las personas que eran testigos de ese momento huían despavoridos en cuanto tenían ocasión. Esa noche, en el caso de Dylan, no fue exactamente así. Al principio caminamos en silencio por el paseo, pero no tardamos demasiado en comenzar a hablar sobre los turistas que diariamente visitaban Nueva York y colapsaban la ciudad.

—¿Sabes qué es lo que más me molesta?

—Soy toda oídos. —Mejor que ser «toda bocas».

—El famoso dicho: «Nueva York, la ciudad que

nunca duerme». ¿Quién no duerme? ¿Qué pasa con todos los que vivimos allí? ¿Somos zombis?

Sorprendentemente, me eché a reír. Y cuando Dylan se quitó los zapatos al llegar al límite del paseo y se internó en la arena de la playa, lo seguí.

Respiré hondo el olor a sal marina.

—Tienes razón. Yo odio cuando los turistas se arremolinan en la Quinta Avenida haciéndose fotografías sin parar, porque tengo que pasar por ahí para ir al edificio donde trabajo y es un tormento. Mi récord está en seis minutos para cruzarla. A veces me cronometro a mí misma, sí.

—Suena divertido.

Bien, no dijo: «Estás pirada».

La brisa sacudía su cabello castaño. Tenía una de esas sonrisas sinceras que inspiran confianza. Y me di cuenta de que no me sentía incómoda a su lado.

—Podríamos quedar para desayunar algún día, en Nueva York —propuso—. Suelo tener media hora libre. Y por lo que dices, mi oficina está cerca de la tuya, unas calles más atrás.

—Sí, estaría bien. En Jack's Stir Brew Coffee hacen el mejor café. Y me vuelven loca las pastas que preparan para acompañar. Son mi perdición.

—Sé a qué local te refieres, es bastante pequeño, ¿verdad?

Asentí con la cabeza antes de bostezar, tapándome la boca.

—Deberíamos volver. No creo que las chicas tarden en ir al bungaló.

—Te acompaño, si quieres.

Cuando dejamos atrás la costa, Dylan se puso los zapatos, pero yo preferí caminar descalza por el paseo de la playa. Llevaba los zapatos de tacón en la mano, balanceándolos. Apenas tardamos cinco minutos en llegar hasta la puerta exterior del bungaló donde nos hospedábamos. No había casi luz, ya que la única farola encendida estaba a varios metros de distancia. Bostecé de nuevo. Había sido un día agotador.

—Gracias por todo. Lo he pasado bien —admití.

Era cierto. Me alegraba de haberlo conocido. Quizá, si algún día terminábamos quedando en Nueva York, podríamos ser buenos amigos. Salir con ellos y las chicas había conseguido despejarme. No sé qué habría sido de mí si aquel día hubiese estado completamente sola.

—Yo también. Espero que volvamos a vernos —susurró—. Pero por si acaso...

Poco a poco, se inclinó hacia mí. No sé si no pude o en realidad no quise frenarlo, porque era plenamente consciente de lo que estaba a punto de suceder. Sus labios rozaron los míos, fue un contacto muy suave. Me quedé quieta, casi sin respirar, cuando su boca presionó la mía con más fuerza, a la espera de sentir algo, un cosquilleo quizá, pero no llegó a suceder e, instantes después, escuché un gruñido y el beso se rompió de golpe.

—¿Qué...? ¿Qué estás...? —dije desorientada.

Distinguí la silueta de Dylan en el suelo antes de incorporarse con torpeza. Alex estaba a un escaso metro de distancia y le dio un golpe a la pared de cemento que delimitaba la parcela, como si no hubiese tenido suficiente empujando a Dylan.

—¡No tienes ningún derecho a hacer eso! ¡Eres un jodido neandertal —Me estremecí cuando Alex se giró y vi la expresión que cruzaba su rostro. Tragué saliva despacio. Parecía fuera de control, pero me dio igual—. Dylan, lo siento. Lamento mucho lo que ha ocurrido.

Él negó con la cabeza un par de veces, tras dirigirle una mirada iracunda a Alex, como si no pudiese creer lo que acababa de suceder y, después, se alejó por el paseo de la playa sin mirar atrás.

Nosotros nos quedamos en silencio, mirándonos en la penumbra.

—¿Acaso te has vuelto loco? No sé qué es lo que quieres de mí.

Podía escuchar su respiración profunda y agitada.

—Yo tampoco, pero sé que ver cómo otro tío te besa delante de mis narices no está entre mis prioridades —replicó alzando la voz.

Dio un paso hacia mí y percibí el aroma a alcohol. Joder. Menuda suerte la mía. Inspiré hondo.

—Estás borracho. Has bebido.

—Es lo que la gente suele hacer cuando quiere olvidar.

De pronto, me pareció que el frío de la noche era más afilado. Algunos de los arbustos que bordeaban la propiedad se sacudieron por el viento, produciendo un sonido agudo, similar a un silbido muy suave, y sentí un escalofrío en la espalda.

—¿De qué pretendes olvidarte? —pregunté con un hilo de voz.

—De ti, joder. Siempre has sido tú, Emma.

Se me encogió el estómago y noté que comenzaba a temblarme el labio inferior, como si estuviese a punto de llorar, pero entonces recordé lo que había visto aquella misma tarde.

—No te entiendo. Te he visto con ella. No sé a qué estás jugando.

153

Alex dio un paso al frente, comiéndose el espacio que nos separaba sin apartar sus ojos de los míos, como si esperase encontrar alguna pista en mi mirada.

—¿De quién estás hablando?

—Samantha —dije secamente.

Y aquel nombre sonó horrible cuando salió de mis labios. Seguramente por todo lo que significaba para mí; aquello que siempre había anhelado, esa seguridad de la que carecía.

Alex se pasó los dedos por la línea de su mandíbula y apartó la mirada.

—Solo es una amiga —aseguró—. Lo que dije ayer... no era cierto, no estoy saliendo con nadie, tan solo estaba cabreado... —Se tambaleó cuando intentó acercarse más. En aquel momento no parecía tener mucho control sobre sí mismo—. Emma, lamento haberme marchado aquel día, si pudiese retroceder atrás en el tiempo... No importa quién tuvo la culpa de lo que ocurrió, me da igual, de verdad...

No había ningún ruido alrededor y eso provocó que su voz, sus palabras, sus gestos se colasen más profundamente en mi interior. Cuando noté que una lágrima luchaba por escapar de mis ojos, me los froté con furia.

—¿Te has acostado con ella?

Mi voz fue apenas un susurro, pero por su expresión supe que me había oído.

—No. —Bajó la mirada, y después volvió a alzarla, hasta que nuestros ojos se encontraron—. Sí —admitió antes de emitir un largo suspiro.

Fue como si todo se derrumbase a mi alrededor. Todo. En ese instante me sentí más pequeña e insignificante que nunca. Cogí mucho aire de golpe, intentando mantenerme serena. No fue por saber que se había acostado con otra mujer, no, fue porque me hizo darme cuenta de que no había superado lo nuestro. Alex había seguido adelante, como cualquier persona normal, y yo en cambio me había quedado anclada en los recuerdos, sin mantener ningún tipo de relación con nadie desde nuestra ruptura, y no porque no hubiese surgido, sino porque lo había evitado deliberadamente. Durante los primeros meses, fui una especie de espectro andante que seguía viviendo como un autómata, por puro instinto. Más tarde, cuando acepté la situación, me centré en el trabajo, convenciéndome de que el único amor verdadero y perfecto era el que encerraban las páginas de un libro.

—Emma, fue hace mucho tiempo, casi cuando acababa de llegar aquí —susurró—. Ni siquiera me acuerdo, había bebido y yo... no sé por qué lo hice. Ahora solo somos amigos. Y te juro que nunca he sentido nada por ella. Estaba perdido y cabreado por todo... Creí que no volvería a verte nunca más. ¡Y, joder, ni siquiera estábamos juntos! No hagas que me sienta más culpable, por favor.

Acaricié con los dedos las pulseras que colgaban de mi muñeca, concentrándome en las diminutas estrellitas que pendían de una cadena de plata. No sé cuánto tiempo estuvimos en silencio, el uno frente al otro, pero se me antojó eterno, como si llevásemos toda una vida sin hablar. Tenía la sensación de que había una enorme barrera entre nosotros y que ninguno de los dos sabía cómo sortearla para pasar al otro lado.

—Entra. Te curaré la mano —dije en voz baja.

Seguí con la mirada el movimiento de su pecho cuando suspiró profundamente. Después se giró, apoyó las manos sobre el muro de cemento que minutos atrás había golpeado y permaneció allí durante unos instantes cara a la pared.

—¿Te gusta ese tío?

—¿Quién?

Ladeó la cabeza para mirarme. Tenía una sonrisa irónica congelada en los labios, a pesar de que lo último que parecía era feliz.

—¿Tan difícil es recordar que hace unos minutos te estabas besando con alguien?

Iba a decirle que no, que me importaba tan poco el pobre chico que acababa de conocer que ni siquiera había caído en la cuenta de que se refería a él, a pesar de que hacía apenas un rato que me había acompañado hasta la puerta del bungaló, porque, cuando Alex estaba cerca, su presencia resultaba cautivadora, como si me envolviese en una nebulosa, provocando que olvidase todo lo demás. Solo existía él. Y yo. Nosotros...

Dejó caer las manos a ambos lados del cuerpo.

—Mejor déjalo, no respondas. Creo que prefiero no saberlo.

Evitando mirarme, pasó por mi lado dando grandes zancadas, dispuesto a marcharse de allí. Así, sin más. Sin cargos de conciencia. Después de empujar a una persona inocente. Después de admitir que, durante todo este tiempo, se lo había estado pasando en grande con una modelo de metro ochenta. Sí, ahí estaba mi lado más irracional, el primitivo, saliendo a la luz al lado de algunos resquicios del poco orgullo que me quedaba.

—¿En serio, Alex? ¿Cómo te atreves a juzgarme?

Él se detuvo en seco e inspiró con los ojos cerrados, como si el mero hecho de escuchar el timbre de mi voz lograse sacarlo de quicio.

—Emma, estoy a un paso de estallar, te aconsejo que mantengas la boca cerrada.

—¡Oh, perdona, lamento ser una molestia para ti! —continué con ironía, alzando los brazos en alto. Mi propio cuerpo era como un volcán en erupción—. ¡Ve a casa de Samantha! ¡A lo mejor te molesta menos escucharla a ella! Ah, bueno, ahora que lo pienso... para follar tampoco hace falta hablar, ¿no?

Alex suspiró; su pecho subía y bajaba al compás. Me daba igual el palpitar de la vena en su cuello. Me daba igual que sus ojos se hubiesen oscurecido hasta ser casi negros. Y me daba igual que estuviese furioso porque, ¿sabéis qué?, yo lo estaba más. Yo sí había estallado.

—¿Cómo tengo que decírtelo? —gritó—. ¿En qué idioma quieres que te hable? ¡No fue nada! ¡Nada! ¡Estoy cansado de tener que sentirme siempre culpable!

—¡Y yo estoy cansada de no entenderte una mierda y de darme cuenta de que nuestra ruptura te afectó menos que la maldita picadura de un jodido mosquito! —contesté, elevando el tono de voz todo lo posible, hasta el punto de que, si existía vida extraterrestre, con total seguridad estarían al tanto de nuestra discusión.

—¡Te estabas besando con un tío hace cinco minutos!

—¿Y a ti qué te importa? ¡Ni siquiera sé qué demonios hacías aquí!

Enmudecí cuando advertí que un coche de policía acababa de parar delante de nosotros. Tragué saliva, nerviosa. Alex se giró y se cruzó de brazos, en actitud desafiante, mientras un agente uniformado bajaba del vehículo y se dirigía hacia nosotros caminando a paso lento. ¿Tanto habíamos levantado la voz?

—Buenas noches, agente, ¿hay algún problema? —preguntó Alex con altivez.

El policía no era demasiado alto y tenía una voluminosa y llamativa barriga completamente redonda. Nos miró a los dos con los ojos entornados al tiempo que alzaba una mano y se acariciaba el bigote con parsimonia.

—Nos ha llamado un tal Dylan Wallas, informándonos de que había ocurrido un percance aquí mismo. ¿Saben de lo que estoy hablando?

«Madre mía.»

Alex se encogió de hombros.

—No, no me suena. Ni siquiera lo conozco, aunque déjeme decirle que tiene pinta de ser un idiota —replicó medio borracho.

—Es curioso, porque la descripción que nos ha dado encaja con usted. —El agente miró a Alex—. Y, además, me gustaría saber por qué estaban gritando en medio de la calle hace tan solo unos instantes. ¿Son conscientes de que el escándalo público es un delito?

Alex resopló, tambaleándose hacia un lado. Yo me había quedado muda, convirtiéndome en una mera espectadora. Una parte de mí no creía que todo lo que estaba ocurriendo pudiese ser real; aquella situación tenía pinta de película de comedia de las malas.

—¿Y usted es consciente de que está empezando a tocarme los cojones? —soltó Alex, así a lo loco. Emití un pequeño gritito, conmocionada—. ¡Déjenos en paz!

El agente carraspeó, aclarándose la garganta.

—Bien, por lo que veo, van a tener que acompañarme a comisaría. Necesitaré tomarles algunos datos, ¿llevan la documentación encima?

Volví en mí rápidamente, recobrando la capacidad de hablar, a pesar de que tenía la boca seca y me sudaban las palmas de las manos. Aquello no podía ser real. De hecho, el bigote del agente parecía falso, estaba un poco ladeado hacia la derecha y algunos pelillos sobresalían más de lo normal. Podría ser un actor de segunda categoría, aunque no lo hacía nada mal.

—¿Es una broma? Oiga, agente, no quiero participar en ningún *reality show* de esos que están de moda, donde al final se descubre que hay una cámara oculta.

—Señorita, lamento comunicarle que esto no es ninguna broma. Ahora, por favor, suban al coche sin oponer resistencia o tendré que pedir refuerzos. Les aconsejo que no compliquen más la situación.

—¿Está pirado o qué le pasa? —Alex dio un paso al frente, acercándose al agente—. ¿Va a detenernos por lo que ha pasado? Sí, le he dado un empujón. ¿Qué quiere que le diga? Me ha salido del alma. Ha estado mal, lo sé, vale. Pero no me joda.

Tiré a Alex de la camiseta, llamando su atención.

—Por favor, hagamos lo que dice —pedí en un susurro—. Tan solo será un momento. Vamos, nos toman los datos y ya está. Te lo ruego.

Alex me miró desde arriba, inclinando la cabeza hacia mí. Todavía seguía furioso y casi podía recrear en mis oídos el palpitar acelerado de su corazón. Normalmente era una persona paciente y no solía meterse en líos. El problema era que, cuando traspasaba su línea de control, perdía el norte. Era todo o nada. Blanco o negro. Para él no existían los puntos intermedios. Yo lo había visto realmente cabreado pocas veces a lo largo de mi vida.

Me dedicó una mirada repleta de ira.

—Está bien, si lo que quieres es pasar una divertida noche en comisaría, ¿quién soy yo para negarme? —contestó antes de pasar al lado del policía, casi rozándole el hombro a propósito, e introducirse en el interior del coche dando un sonoro portazo.

Diez minutos después, los dos estábamos en una comisaría de policía.

Bueno, al menos ya podía tachar de la lista de «cosas por hacer» el hecho de estar detenida. Y no, no era una situación graciosa como solían mostrar en la mayoría de las *sitcoms* que me tragaba semanalmente. No molaba nada. En realidad, estaba aterrada.

Nos encontrábamos dentro de una sala, acompañados por dos policías (uno de ellos era el que nos había detenido), sentados en unas sillas muy incómodas delante de una mesa de madera blanca casi prehistórica. Los dos agentes llevaban más de media hora haciéndonos infinidad de preguntas. En resumen, les habíamos relatado gran parte de nuestras memorias, incluyendo el episodio de la boda cancelada, el reencuentro, el beso de Dylan y el posterior encontronazo con el chico antes de que este llamase a la policía.

—Vale. —El agente John, que se había presentado al entrar en la sala, me miró directamente a mí, haciendo que me estremeciese—. Ya hemos aclarado el asunto de la pelea. Por suerte, el señor Dylan Wallas no va a presentar cargos.

Alex resopló. Un parte de mí tenía ganas de asesinarlo. ¿Por qué era tan estúpido? ¿Por qué tenía que ser tan ridículamente impulsivo? ¿Por qué seguía gustándome tanto, a pesar de todo? Quise llorar cuando esa última pregunta se coló en mi cabeza.

Estábamos detenidos en una comisaría. Detenidos. Como dos cutres ladrones.

Afortunadamente, el agente John ignoró el gesto de Alex y siguió hablando:

—Como decía, no ha presentado cargos. Pero, según mi compañero, cuando él llegó al lugar de los hechos, ambos estaban enzarzados en una disputa. Y por su descripción, usted estaba muy alterado. —Se giró hacia Alex y después me miró a mí—. ¿Le ha hecho daño este hombre en algún momento, señorita? —me preguntó.

Alex emitió una profunda y sonora carcajada.

—¿Que si le he hecho daño? —se burló, todavía sonriendo—. No, no, ustedes no están entendiendo de qué va todo esto. Emma es el demonio. El anticristo. Esa fuerza que hace que todas las cosas se pongan del revés. Y yo soy el puto pardillo que se enamoró de ella.

Sabía cómo sacarme de quicio.

Respiré hondo, intentando calmarme.

Llegados a ese punto, alguien debía mantener el control. Y sin duda, ese alguien era yo, dado que no quedaba nadie más que estuviese cuerdo (o sobrio) en esa habitación.

—No, no me ha hecho daño, omitiendo el hecho de que es un imbécil. Pero él no tiene la culpa. Nació así. Y, créame, es genético. Lo sé porque conozco a su madre —concluí, incapaz de morderme la lengua. A la mierda la cordura.

Alex chasqueó la lengua tras emitir otra risotada.

El agente que nos había detenido intercambió una mirada con John y suspiró, cansado probablemente de ver casos así cada dos por tres y tener que lidiar con ellos.

—Me temo que tendrán que solucionar sus problemas en otra parte. Podrán irse de aquí en cuanto les tomemos los datos. Será rápido.

—Vale, una pregunta, señor agente... —Los miré a ambos, dudando, ¿quién hacía de poli bueno en esos momentos?, porque me interesaba hablarle a él. Al final, elegí a John—. No quedará reflejado este percance en mi expediente, ¿verdad?

—Lamento comunicarle que sí.

—¡Pe-pero no puedo permitirlo! ¡Oiga, tengo un trabajo respetable! ¡Y no he hecho nada malo! ¿Y si mi jefa termina enterándose de esto?

—Ella y su trabajo. Siempre. Constantemente. Como si no existiese nada más importante en el mundo —se inmiscuyó Alex, tirado sobre la silla de mala manera, con los pies estirados como si estuviese en el sofá de su casa—. ¿Sus mujeres también son tan insoportables? Cuéntenme cuál es el secreto para aguantar semejante tortura. Sé que solo existen dos posibilidades. Una es que la chupen de maravilla. Y la otra, que ustedes sean sordos.

La mandíbula de John se tensó. Entendía perfectamente a ese pobre hombre. Alex agotaba la paciencia de cualquiera. Hasta un monje tibetano terminaría suicidándose si tuviese que pasar más de veinticuatro horas seguidas con él. ¿Qué digo? Con veinte minutos sería más que suficiente.

—Señor, le aconsejo que mantenga la boca cerrada si no quiere pasar la noche en el calabozo —dijo mientras apoyaba con firmeza las manos en la mesa. Vale, al menos ya sabíamos quién era el poli malo—. Rob, tómales los datos y sácalos de aquí cuanto antes. No aguanto más toda esta mierda.

Le di un codazo a Alex al advertir la media sonrisa que cruzaba su rostro. Parecía estar pasándoselo en grande, como si aquello fuese una especie de atracción de feria.

—Quiero llamar a mi abogada —declaré con voz autoritaria, a pesar de que estaba temblando por dentro a causa de los nervios—. Sé que tengo derecho a hacer una llamada. Lo he visto en las películas.

John suspiró hondo y se pasó la mano por la frente, hastiado. Su compañero lo miró dubitativo y finalmente el otro negó con la cabeza.

—Deja que se vayan, necesito perderlos de vista —accedió—. Pero quedan advertidos, si vuelve a ocurrir algún percance, por estúpido que sea, moveré tierra y mar para que no salgan de esta comisaría en un par de días. A ver si así aprenden la lección y se dejan de chorradas.

El agente John abandonó la sala de interrogatorios dando un fuerte portazo y Alex empezó a aplaudir. En serio, estaba muy borracho. Era como un niño de treinta y dos años.

—¡Sí, nena! ¡Lo has conseguido! —exclamó alzando una mano en alto con la intención de que yo le chocase los cinco.

Le dirigí una mirada iracunda, ignorando su gesto, y salí de allí acompañada del otro agente.

20

(ANTES) NUNCA JAMÁS

Cogí un puñado de palomitas y me las llevé a la boca sin apartar la mirada de la película. Estaba llegando a la recta final. Y era tan triste... Yo no podía dejar de comer y de parpadear para evitar llorar, pero presentía que iba a ser imposible no hacerlo. ¿Por qué no podían ser todos los finales felices? ¿Por qué la vida era así de injusta?

—Emma, ¿estás llorando? —Alex se rio.

—Joder, sí, y no te rías. Eres un insensible.

—Es una película —replicó—. No es real.

—Pero podría serlo perfectamente.

—Vamos, ven aquí, cariño.

Me abrazó en el sofá y noté un cosquilleo por dentro al escucharlo llamarme así, «cariño». Era increíble que, a pesar de llevar casi medio año saliendo juntos, siguiese emocionándome como una cría cada vez que lo oía dirigirse a mí por aquel apelativo o cuando me sonreía y me miraba fijamente. Alcé la cabeza hacia él, llorosa.

En la película, los protagonistas acababan rompiendo.

—Tú nunca dejarías que nos ocurriera eso, ¿verdad?

—Nunca jamás. —Me dio un beso suave.

Quise creerlo, porque sonaba bien en sus labios, como esa promesa que tanto anhelaba. Con un suspiro, apoyé la cabeza en su hombro y sonreí.

21

ALGUNOS SAPOS VISTEN ESMOQUIN

Cuando desperté a la mañana siguiente, era casi mediodía. La noche anterior había sido probablemente la más intensa (y horrible) de toda mi vida. Supongo que ser detenida cambia la perspectiva de las cosas. De algún modo misterioso, ya no me sentía como una editora de alto nivel, residente en Nueva York, muy profesional, sino, más bien, como una delincuente desenfrenada al límite de la locura. Estaba a un paso de tatuarme ambos brazos de arriba abajo, comprarme una chupa de cuero y empezar a fumar cigarrillos de liar.

Me levanté de la cama con dificultad. Todo parecía dar vueltas a mi alrededor por culpa de las copas que había tomado la noche anterior y que se vengaban de mi inocente estómago. Y también por culpa de Alex, por supuesto. Tenía una especie de taladradora en la cabeza y estaba segura de que ni siquiera era capaz de multiplicar dos por siete. Mmm... eso eran unos doce, ¿verdad? Eh, no, definitivamente no podía hacerlo. Mis neuronas habían fallecido.

Mientras me arrastraba hacia el salón del bungaló, cual zombi recién salido de *The Walking Dead* (siempre había deseado que me cogieran como extra, pero nunca llegué a conseguirlo), advertí que todavía llevaba el vestido negro de Hannah. La pasada noche, al llegar al apartamento, me había lanzado directa a la cama.

—Vaya, pues al final estás viva —dijo Elisa.

—En esencia, sí —contesté, sentándome en el sofá entre mis dos amigas como pude. Me llevé una mano a la frente y suspiré dramáticamente—. Mi corazón sigue latiendo, mis piernas funcionan, mi cuerpo continúa engordando, pero estoy... muerta en vida. ¿No era eso lo que decía Neruda?

—No, creo que Neruda era el que le escribió un poema a una cebolla —me corrigió Elisa.

—Al menos la piropeaba. Ojalá Alex me hubiese comparado con una cebolla. Eso es mejor que nada.

Recosté la cabeza en el mullido respaldo del sofá y observé con atención cómo Hannah se pintaba las uñas con delicadeza. El pintauñas era de un suave color melocotón y ella tenía un pulso envidiable, porque no se salía ni un solo milímetro del borde.

—¿Café? —preguntó Elisa, sacándome de mi ensimismamiento.

—Sí, por favor. Sería capaz de asesinar por un poco —bromeé levantándome del sofá y siguiéndola hacia la barra de la cocina, que estaba en el mismo extremo del salón. Podía escuchar un zumbido en la cabeza, como si la habitación estuviese llena de avispas asesinas.

En cuanto terminé de prepararme el café, y antes de que pudiese echarle mi amada cucharadita de azúcar (era una tradición sagrada), Elisa comenzó a interrogarme sobre los acontecimientos ocurridos la noche anterior y yo negué todo el rato con la cabeza, intentando así ganar algo de tiempo para... no sé, no sé para qué en realidad; en el fondo de mi ser, sabía que no tenía escapatoria alguna.

—¿En serio? ¿De verdad no tienes nada que contarme?

Me mordí el labio inferior, intentando decidir si mentirle o confesarle la verdad.

—Estuvo... estuvo bastante bien. —Me esforcé por sonreír tras decantarme por la primera opción—. Ya sabes, lo típico: hablamos, dimos un paseo por la playa, vimos las estrellitas...

—Y luego tu exprometido tuvo un encontronazo con tu cita. Sí, ya, qué típico —ironizó.

Pillada y hundida.

—Todavía estábamos con sus amigos cuando Dylan volvió y nos lo contó todo, incluyendo que de camino hacia allí había llamado a la policía. Intentamos volver lo más rápido posible, pero ya no estabas. Y no sabíamos si te habías marchado con Alex o...

De mala gana, dejé el café sobre el banco de la cocina.

—Oh, ¡por favor! ¡Dilo de una vez! Sé que lo estás deseando.

—¿Te detuvieron?

Me crucé de brazos, a la defensiva. Yo tenía derecho a dramatizar, al fin y al cabo, se trataba de mi propia vida; pero no me hizo ninguna gracia la expresión de horror que se apoderó de su rostro. Tampoco era para tanto. Seguía viva.

—Sí, me detuvieron. No pongas esa cara. ¿Quieres que montemos un estrado con los cojines del sofá y me suba a él? ¡Deja de juzgarme a todas horas, por favor!

Elisa abrió la boca como si acabase de declararme culpable de un ataque terrorista o algo peor.

—¡No me enfada que ahora seas una delincuente! —exclamó alzando la voz—. ¡Lo que me enfada es que no fuiste capaz de llamarme! ¡Soy tu abogada!

«Paciencia.» Respiré hondo.

—Pues no tienes nada de lo que preocuparte, ni siquiera me abrieron expediente.

Me giré, dándole la espalda, para tomar un sorbo de café. Antes de que me diese cuenta, me había rodeado rápidamente y volvía a estar delante de mí.

—¿Cómo es eso posible? —Sus ojos se habían convertido en dos diminutas rendijas.

—Mmm... bueno... —Me limpié una pelusilla de la camiseta del pijama—. Alex había bebido, y a los policías les resultó tan insoportable su presencia que decidieron soltarnos. Creo que uno de ellos estaba a punto de pegarse un tiro. Faltó poco.

—Emma, espero que esto te sirva de lección —concluyó con dureza.

Se dio la vuelta con soltura y comenzó a caminar de nuevo hacia el sofá dando grandes zancadas. Fruncí el ceño y la seguí. Hannah había terminado de pintarse las uñas y sostenía las manos en alto, a la espera de que se le secasen.

—¿Qué has querido decir con eso? ¿A qué lección te refieres?

Elisa batió sus pestañas con delicadeza, antes de mirarme.

—A Alex, por supuesto. Imagino que, después de esto, no pensarás en volver a dirigirle la palabra jamás, ¿no?

Eso era fácil decirlo, pero «jamás» implicaba mucho, mucho tiempo. Como... bueno... como eternamente o hasta el infinito, y yo nunca había sido partidaria de los blancos o negros, normalmente me gustaba moverme entre los diferentes tonos de gris.

Elisa permaneció durante unos segundos con la boca entreabierta.

—¿Todavía tienes dudas? ¡No me lo puedo creer!

—Oye, no es tan sencillo —protesté—. La vida es eso que te pasa mientras apuntas otros planes en la agenda... o algo así. Lo he leído por ahí. Era una frase muy bonita —aclaré.

—Es Emma la que tiene que decidir lo que quiere hacer —dijo Hannah, uniéndose de pronto a la conversación, pero sin apartar la mirada de sus impecables uñas—. Tú vas a casarte con Colin, ¿no? Y nadie ha dicho nada sobre eso...

«Oh, Dios mío, muerte espontánea en tres, dos, uno...» ¿Acababa Hannah de soltar algún tipo de indirecta sobre el perfecto Colin o me lo estaba imaginando? Un tenso silencio se apoderó del salón durante lo que pareció una eternidad. Juro que podía escuchar la acelerada respiración de Elisa. Cuando logró reponerse, clavó su afilada mirada en Hannah.

—¿A qué te refieres? —preguntó en un siseo.

Sí, eso, ¿a qué demonios se refería? Obviamente, lo llamábamos «el perfecto Colin» por eso, porque era perfecto; el adjetivo en sí ni siquiera le permitía tener un talón de Aquiles.

—Bueno... yo... —titubeó Hannah. Me apostaría quinientos dólares a que estaba arrepintiéndose de haber abierto la boca—. No creo que Colin sea tan perfecto. Nadie lo es.

—Y lo dices porque...

Elisa dejó la frase inacabada, a la espera de que Hannah lograse terminarla. Me había convertido en una espectadora invisible, dado que ambas me ignoraban y, de golpe, nadie parecía acordarse de lo horrible que era Alex. Una parte egoísta de mí se sentía feliz por ello ya que, por primera vez en todo el viaje, había dejado de estar en el punto de mira. Me senté en el brazo del sofá, alejada de ambas, pero sin dejar de observarlas. Solo me faltaba un cubo de palomitas en las manos.

—Tiene sus cosas —chasqueó la lengua—. Es un poco mirón, por ejemplo.

¡Aaah! Abrí la boca. No podía creer que Hannah hubiese dicho algo semejante. Me parecía tan improbable como la idea de que en algún momento llegase a grabarse la película de *Friends*. No. O sea, imposible.

—¿Has dicho lo que creo que has dicho?

Elisa estaba a un paso de escupir fuego por la boca. Me removí incómoda en el brazo del sofá, preguntándome si debía interponerme entre ambas antes de que la cosa fuese a más. Pero, sinceramente, estaba tan anonadada que, antes de que pudiese hacer nada, Hannah prosiguió hablando como si tal cosa:

—Sí, ya sabes... Por ejemplo, cuando estamos comiendo en un restaurante, Colin siempre... siempre mira a todas las chicas que pasan alrededor o que están sentadas en otras mesas. Y es incómodo porque, bueno, resulta muy evidente. Imagino que no te habrás dado cuenta, pero, en fin, a mí me molestaría un poco si estuviese en tu lugar. —Frunció su diminuta nariz y luego suspiró hondo y agitó las manos en alto, como si intentase desprenderse de toda la energía negativa acumulada—. Ya está. Ya lo he dicho. No quiero que te enfades, Elisa, tan solo es mi opinión y yo...

Hannah cerró la boca al instante, dejando la frase sin concluir, justo cuando Elisa emitió un primer sollozo que me puso los pelos de punta. La miré conmocionada. En primer lugar, porque, efectivamente, estaba llorando. Y, en segundo lugar, porque, en todos los años que hacía que nos conocíamos, nunca había visto a Elisa soltar ni una sola lágrima. Ni siquiera cuando su gato murió atropellado por un camión que transportaba gambas congeladas.

—Lo siento. —Hannah se llevó una mano al pecho, con los ojos muy abiertos—. ¡Lo siento mucho! No pretendía decir lo que he dicho... de verdad que no... ¡Lo retiro todo!

Moviéndome por puro instinto, me levanté y me arrodillé delante de Elisa, que se tapaba el rostro con ambas manos como si le avergonzase que la viésemos en semejante estado. Le acaricié el cabello con delicadeza, temiendo que pudiese dañarla de algún modo. La situación era tan inusual que no sabía cómo afrontarla.

—Shh, tranquila. Hannah estaba hablando sin pensar, ¿verdad que sí? —Miré a mi amiga y ella asintió con la cabeza; creo que también estaba a punto de ponerse a llorar y recé para que no lo hiciese, porque ver a Elisa así, tan derrumbada y diferente, requería toda mi atención y ya apenas podía pensar con claridad.

—Lo siento mucho... —repitió Hannah.

Elisa apartó las manos, permitiendo al fin que fuésemos testigos de su rostro repleto de lágrimas. Un surco de rímel negro se deslizaba por su pómulo derecho. Por el contrario, en la mejilla izquierda no había ni rastro de maquillaje; me concentré en ese pequeño detalle, porque parecía lo más real de toda la situación.

—No, no lo sientas. —Sollozó y seguí acariciándole

el cabello—. Tienes toda la razón, Hannah. —Emitió un pequeño gemido. En realidad, en medio del llanto costaba bastante entender qué estaba diciendo—. De hecho... bueno, lo pillé con otra. En la cama. En nuestra cama. —Me llevé una mano a la boca, incrédula—. Y no sabía qué hacer... —Se miró las palmas de las manos como si esperase encontrar allí algún tipo de respuesta—. Pero necesitaba alejarme de él, poder pensar y ver las cosas en perspectiva, así que... os propuse hacer este viaje. Estoy... estoy muy confusa.

Deberían darme un premio o algo similar porque, en medio de aquel completo caos, logré estirar los brazos en alto y rodear el cuello de Elisa con ellos, abrazándola. Unos segundos después, un aroma familiar nos envolvió cuando Hannah se unió al abrazo, y nadie volvió a murmurar ni una sola palabra durante los siguientes diez minutos.

No podía creer que aquello fuese real. De hecho, una parte de mí todavía albergaba dudas. ¿Cómo era posible? Elisa y Colin siempre habían sido una pareja perfecta. No solo él era «el perfecto Colin», sino que a ella también la asociábamos con el mismo adjetivo, y habíamos dado por hecho que era la característica más fuerte que ambos tenían en común. Llevaban juntos muchos años, desde la universidad, y yo había invertido horas imaginando una y otra vez cómo serían sus inmejorables hijos. Y ahora... ¿Ahora qué?

—Voy a prepararte una tila, ¿de acuerdo? —propuse, quitándole de las manos el vaso de café que acababa de coger—. Tranquila, Elisa. Seguro que todo irá bien...

Hannah me miró asustada con sus enormes ojos azules; le temblaba el labio inferior y parecía un cervatillo atemorizado. Moví la cabeza hacia Elisa, indicán-

dole así que continuase consolándola. En cuanto me
alejé de ellas, en la cocina, me esforcé por tranquilizarme mientras calentaba agua en un cazo. Probablemente, en aquellos momentos, Hannah se sentiría culpable
y no parecía decidida a llevar las riendas de la situación,
así que estaba sola a la hora de poner las cosas otra vez
en orden. El problema era que no sabía ni por dónde
empezar. De hecho, resolver conflictos era uno de mis
puntos débiles. Prueba de ello era mi inestable relación
con Alex.

Cuando regresé al salón, le tendí la tila que acababa
de preparar y me obligué a que mi voz sonase suave y
calmada, como si en el fondo lo tuviese todo bajo control.

—Vamos a superar esto. —No estaba segura de
que sonase convincente—. ¿Recuerdas cuando cancelé
mi boda con Alex? ¿Recuerdas todo lo que me dijiste
sobre ser una mujer fuerte e independiente? No habría
podido pasar página de no haber sido por ti y por
Hannah.

Elisa me miró y sus labios se curvaron mostrando
una sonrisa triste. Había dejado de llorar, pero seguía
teniendo los ojos enrojecidos y un poco hinchados.

—¿Y de verdad lo has superado?

«Ahí, directa al corazón.»

—Vale, puede que no del todo, pero lo importante
es que seguí con mi vida. He estado un año sin Alex. Y
no me ha ido tan mal, en realidad. Ha habido momentos malos, sí, pero también muy buenos... ¿Os acordáis
de la noche tan divertida que pasamos en The Stanton
Social? Me salieron agujetas en el estómago de tanto
reírme. Fue increíble.

Hannah asintió enérgicamente con la cabeza.

—No puedo hacerlo, chicas. No puedo cancelar la boda.

¿Qué demonios estaba diciendo? Había dado por sentado que sobre ese tema no hacía falta ni hablar, ¿cómo iba a casarse con un hombre al que acababa de pillar en la cama con otra? Hannah pestañeó, confusa, y yo me quedé mirando a mi amiga como una lela, incapaz de comprender lo que Elisa acababa de decir. Cuando logré reaccionar, vi que se había limpiado los restos de rímel de las mejillas con un pañuelo y que había vuelto a sentarse con la espalda firme y los hombros rectos; como si el momento de debilidad hubiese quedado atrás, se colocó esa máscara que la hacía parecer fría e insensible, aunque era justo al revés.

—¿Te has vuelto loca? ¡No te mereces algo así! Elisa, tú eres increíble, la persona más inteligente que he conocido jamás. Y fuerte... e invencible...

Sacudió una mano en alto, con desgana.

—Todo fachada. Una ilusión.

—¿Qué? ¡No! ¡Por supuesto que no!

Elisa respiró hondo, cogiendo mucho aire de golpe.

—Nunca he estado sola. Ya ni siquiera recuerdo cómo era esa sensación. Y no quiero estarlo. Me he acostumbrado a tener a alguien a mi lado; incluso aunque esa persona sea un jodido imbécil, estoy segura de que eso es mejor que nada. —Se levantó decidida del sofá como si un huracán la impulsase y se colocó bien los puños de la camisa blanca con un estampado de estrellitas que llevaba puesta—. No, no cancelaré la boda. Colin solo ha cometido un pequeño error. Tenéis razón en que no es perfecto, pero puedo perdonarle que sea humano. —Cuando sonrió, me recordó a una de esas marionetas a las que les tiran de ambos mofletes con una cuerda—. El drama ha terminado. Nos quedan cuatro días de vacaciones, y será mejor que los aprovechemos. De hecho, voy a preparar unos sándwiches para que nos los llevemos a la playa. No perdamos más tiempo.

Le dio a su reloj de pulsera unos golpecitos con la punta del dedo índice. Y, sin más, salió del comedor y se encerró en su habitación tras dar un sonoro portazo. Despacio, me giré hacia Hannah, incapaz de procesar lo que acababa de ocurrir. Mis ojos lo habían visto, sí, pero mi mente se negaba a creerlo.

—Creo que se ha vuelto loca. —Hannah parecía asustada.

—Eso parece, sí. —Solté el aire que había estado conteniendo.

—Tenemos que hacer algo. No podemos dejar que se case con ese idiota.

—El problema es que Elisa es tan difícil de convencer cuando se le mete una idea en la cabeza, que hacerla cambiar de opinión va a ser más complicado que enseñarle a un gato a escribir el abecedario completo con una sola pata.

Hannah se mordió el labio inferior, pensativa.

—¿No podría ayudarnos esa mujer a la que acudías con Alex? —preguntó más animada—. Es psicóloga. Seguro que si le explicas lo que ha ocurrido, puede darnos algún consejo.

—¿Mi loquera? Es ella la que necesita uno de esos psicólogos de psicólogos...

—Por probar... —Hannah sonrió tímidamente.

—Vale, supongo que no hay nada que perder; aparte de setenta dólares más, claro.

Pasamos el resto de la mañana en la playa y, de

hecho, tal como Elisa había vaticinado, nos quedamos allí a comer. No sé cómo podía estar tan tranquila. Obviamente, todo era fingido, eso lo tenía claro, pero, aun así, me parecía increíble que lograse actuar tan bien. Martin Scorsese no habría dudado ni un segundo en darle el papel principal de su próxima película. Y estaba segura de que, un año más tarde, Elisa se habría llevado a su casa un Óscar y la admiración y los aplausos de toda la Academia de las Artes y las Ciencias Cinematográficas. Porque ella era así: cuando algo se le metía en la cabeza, lo hacía y, además, con honores.

Contemplé de reojo cómo se comía su sándwich de pavo con queso, con los ojos un poco entornados, disfrutando de la brisa del mar que sacudía su cabello suelto. Por el contrario, mi comida continuaba en la bolsa de papel, dado que me sentía incapaz de tragar nada por miedo a sufrir una indigestión. A la hora de afrontar los sentimientos, éramos como el agua y el aceite: yo, una explosión; ella, toda contención.

Apenas hablamos. De vez en cuando, Hannah y yo intercambiamos alguna mirada de desconcierto, pero poco más. Y cuando unas horas más tarde regresamos al bungaló, Elisa se despidió de nosotras mientras reprimía un bostezo, anunciando que pensaba acostarse un rato para estar bien despejada esa noche, ya que había decidido que saldríamos de marcha por ahí. Ale, ¡viva la vida loca! Estaba como una regadera.

—Vale, me voy corriendo a ver a la loquera —le dije a Hannah en cuanto escuché que Elisa cerraba la puerta de su habitación—. Y rezo para que tenga superpoderes o algo así, porque la cosa pinta cada vez peor.

—Te acompaño.

—No creo que sea buena idea. Créeme, no te gustará.

—Por favor —insistió, mostrándome un puchero como si tuviese seis años—. Déjame ir contigo. Yo también quiero ayudar a Elisa.

—Como quieras. Pero te lo advierto, entrar ahí es como visitar la casa del terror. Una vez lo has hecho, ya no hay vuelta atrás; traumatizada para siempre.

22

(ANTES) TE QUIERO

Era de madrugada, estábamos desnudos en la cama con las piernas entrelazadas y acabábamos de hacer el amor. Me encantaba ese momento, «el después», cuando seguíamos abrazados y era difícil deducir dónde empezaba su cuerpo y terminaba el mío. Deslicé un dedo por su mandíbula, observando su rostro relajado con los ojos cerrados, esa paz.

—Dime algo de ti que no conozca —le pedí.

—Mmm... Odio las alcachofas.

—Eso lo sé desde hace muchos años. —Alex parpadeó, abriendo los ojos, y me miró con un brillo curioso—. Viniste a casa un día, mi madre te invitó a comer y tú aceptaste, pero cuando te dijo que había carne de ternera con alcachofas te faltó poco para salir corriendo.

—Tienen un sabor muy raro —replicó.

—Cuéntame cualquier otra cosa.

—Lloré cuando vi *La vida es bella*. Solo un poco. Al final.

Sonreí y lo abracé antes de apoyar la cabeza en su pecho.

—¿Qué más cosas no sé de ti? —pregunté divertida.

Alex dudó y cogió mucho aire de golpe.

—Hay algo... algo que no te he dicho.

—Ah, ¿sí? ¿Eres un asesino a sueldo?

Pero él no se rio, tan solo se quedó callado unos segundos y luego rodó en la cama hasta tumbarme boca arriba y apretarme contra él. Me acarició los labios con la punta de los dedos, despacio, pensativo, y no apartó en ningún momento sus ojos de los míos.

—Creo que te quiero, Emma. Bueno, ¿qué demonios? No lo creo, lo sé. Te quiero.

23

LOS MIEDOS DE ALEX

Aunque Hannah se resistía a admitirlo en voz alta, yo sabía que estaba convencida de que iba a morir. Había llegado el final de su sofisticada existencia. Tras llamar a la puerta de la casa de Hilda, mientras esperábamos fuera, no dejaba de mirar a su alrededor como si temiese que apareciese tras ella un hombre con un hacha en la mano.

Golpeé por segunda vez la puerta de madera con los nudillos, preguntándome qué podría estar haciendo Hilda para negarse a atenderme. Demonios, ¡aquello era importante! ¿Qué tipo de psicóloga dejaba colgados a sus clientes en los momentos más críticos?

Cuando el gato negro de Hilda hizo acto de presencia en el porche, Hannah dio un paso hacia atrás y tropezó con sus altísimos tacones. Disimuló el susto peinándose con los dedos las perfectas ondas de su rubio cabello. Se mostró más tranquila cuando advirtió que el gato pasaba de ella, dado que solo venía a mí, como si un imán lo atrajese. Cuando quise darme cuenta, ya estaba frotándose contra mis piernas. Haciéndome a un lado, con la esperanza de que el felino se apiadase de mí y terminase ignorándome, giré el pomo de la puerta y descubrí que estaba abierta. Dudé durante un segundo, pero al final abrí, y con un gesto de la mano, le indiqué a Hannah que me siguiese.

En el interior de la casa, como siempre, la iluminación era tenue y un asfixiante aroma a incienso lo envolvía todo como un humo tóxico y letal, preparado para alejar a los intrusos. Yo, afortunadamente, ya estaba inmunizada y apenas me afectaba, pero Hannah parecía estar a punto de desfallecer.

Fruncí el ceño cuando escuché unas voces a lo lejos que parecían provenir de la habitación en la que Hilda impartía sus consultas. Vale, sabía que no estaba bien el hecho de colarme en una propiedad privada. Pero, en primer lugar, oficialmente ya era considerada una delincuente potencial en California, después de haber sido arrestada. Y, en segundo lugar, Hilda era mi psicóloga. Yo le pagaba. Lo menos que ella podía hacer era atenderme cuando la necesitaba. Parecía un trato justo, ¿no?

Me giré hacia Hannah, llevándome un dedo a los labios, indicándole así que mantuviese la boca cerrada. Lentamente, dando cortos y silenciosos pasos, conseguimos llegar hasta el extremo de la puerta y, una vez allí, me agaché junto a la pared, en cuclillas. La puerta de la sala de consultas apenas estaba abierta unos centímetros y tan solo se escuchaba la maléfica voz de Hilda.

¿Qué estábamos haciendo? No lo sé.

Existía la opción de entrar sin más y exigirle que nos ayudase, asegurándole que se trataba de un caso de máxima urgencia. Y también existía la opción de simplemente quedarnos allí, escuchando y espiando. ¿Trataría a sus otros clientes con la misma dureza que demostraba conmigo? ¿Los odiaba también a ellos o era un problema a nivel personal? ¿Por qué Hilda no me entendía...? Sacudí la cabeza y Hannah me miró dubitativa, pero volví a pedirle que guardase silencio.

—Te lo repito: tienes que aprender a controlarte —prosiguió Hilda—. No debes dejarte llevar tan fácilmente por tus impulsos. Todos sentimos rabia, miedo o dolor en ciertos momentos de la vida y es normal, es totalmente normal, pero no podemos permitir que esas emociones nos desborden y se apoderen de nosotros —explicó. Qué lista era esa mujer—. Pase lo que pase, tienes que mantener la calma, ¿de acuerdo?

—No lo entiendes. Vi cómo la besaba —respondió una voz que conocía perfectamente. Oh, Dios mío, estábamos espiando a Alex. A mi Alex. Dejé de respirar—. Te juro que quería matarlo. Mira, no me importa lo que haya hecho en Nueva York, entiendo que la vida sigue y todas esas cosas, pero ¿después de reencontrarnos? Pensé que, al menos, todavía sentiría algo, aunque fuese... no sé, ¿cariño, nostalgia? Sí, creo que eso me hubiese bastado.

Me llevé una mano al pecho. El corazón me latía tan fuerte que era probable que nos descubriesen por culpa del ruido. Ni siquiera fui consciente del momento exacto en el que Hannah me cogió de la otra mano y me dio un apretón, infundiéndome ánimo.

—Alex, está claro que ella siente algo por ti. Os besasteis hace un par de noches, ¿no es cierto? —contestó Hilda; siempre metiéndose en asuntos ajenos. Aquello era algo íntimo, no podía hablar de ello así como así. Qué cotilla.

—No lo sé. —Alex emitió un largo suspiro—. Llegaron sus amigas, nos interrumpieron y ella se fue. ¿Entiendes ahora por qué las odio? Las dos son tan...

Pude imaginarme perfectamente a Alex gesticulando con las manos como si estuviese estrangulando a alguien. Tragué saliva, consciente de que Hannah estaba también escuchándolo y recé una oración para pedir que cambiase el rumbo de la conversación. Como de costumbre, ese ser todopoderoso que vivía allá por las nubes me ignoró. Desde luego, no me consideraba su hija pródiga.

—Elisa es... bueno, en realidad creo que no existen palabras en el diccionario que puedan describir a esa especie de... bloque de hielo. —Me llevé una mano a la boca, ya que por poco se me escapa un grito de indignación—. Cuando teníamos que quedar para cenar en pareja, era una tortura. Hubiese preferido que me clavasen palitos de bambú en los ojos. Uno a uno. Sin pausas. Tardaba días en recuperarme. Si ella es insoportable, su novio se merece la medalla al imbécil más estirado del año. Y Hannah... —Emitió una estúpida risita—. Con ella ni siquiera se puede hablar porque, claro, es incapaz de comprender el lenguaje que utilizamos los humanos. Su mente no da para más. De hecho, por casualidad, el otro día me enteré de que sabía leer y todavía estoy conmocionado. Fue toda una sorpresa. Pero, en fin, ya sabe, una es «Elisa, la abogada» y la otra, «Hannah, la billonaria», y como básicamente eso es lo único que Emma valora de las personas, pues supongo que todo tiene sentido. Y quedo yo, el malo de la película, porque, claro, al contrario que sus fantásticas amigas, dejé la carrera a medias y no me contentaba con el primer trabajo que me ofreciesen.

Cuando comencé a notar que la mano de Hannah se aflojaba y soltaba la mía, ya era demasiado tarde. En tres segundos exactos, logró ponerse en pie con sus altísimos zapatos de tacón, dar un paso al frente y abrir la puerta. No solo su nariz estaba arrugada, sino todo su rostro. Por primera vez en mi vida, estaba viendo a Hannah enfadada.

—¡¿Cómo has podido decir todo eso?! —gritó fuera de sí—. ¿Cómo es posible que seas tan... tan... mala persona?

En el refinado vocabulario de Hannah no existía nada peor que *mala persona*, pero si por mí hubiese sido, los calificativos habrían variado desde *idiota* hasta *gilipollas*, tirando por lo bajo y siendo amable.

Ni siquiera nos echaron en cara que los estuviésemos espiando, tanto Hilda como Alex estaban fuera de juego, especialmente él, que permanecía sentado en el almohadón de la consulta, con los ojos clavados en Hannah, pero sin decir nada.

—¡Y pensar que yo siempre te he defendido, incluso después de que Emma y tú rompieseis! —prosiguió mi amiga. Le tiré del brazo, con la intención de que parase, pero fue inútil—. ¿Sabes? ¡Eres como todos los demás! ¡Decepcionante!

Vaya, ese adjetivo era nuevo. Y sonaba bastante bien. Se lo tenía merecido.

—Vale, chicos, no sé qué está ocurriendo aquí —intervino Hilda—, pero vamos a calmarnos. Ahora, todos a la vez, cerrad los ojos. Inspirad hondo y soltad el aire despacito... ¿Notáis cómo el cuerpo se va relajando?

No, principalmente porque solo ella estaba realizando aquel ejercicio místico. Nosotros tres continuábamos mirándonos en silencio. Por suerte, la respiración de Hannah había dejado de ser tan sonora y ya no parecía que estuviese a punto de sufrir un infarto.

Cuando Hilda se dio cuenta de que no seguíamos sus indicaciones, frunció el ceño, pero guardó silencio en cuanto advirtió que Alex se levantaba y caminaba despacio hacia mi amiga. Él suspiró hondo, sin dejar de mirarla fijamente a los ojos.

—Lo siento, ¿vale? Lo siento de verdad. —Para mi sorpresa, la disculpa sonó sincera—. No debería haber dicho todo eso y lamento haberte decepcionado.

Hannah tenía los ojos húmedos. Me contuve para no abrazarla y dejé que ambos aclarasen la situación.

—No sé qué decir —susurró ella.

—Un «te perdono» me bastaría —la instó Alex, mostrándole su sonrisa más encantadora. Arrrg, era odioso. Aunque, por otra parte, estaba tan guapo cuando se le marcaban los hoyuelos... Sacudí la cabeza, intentando frenar el efecto que causaba en mí.

—Acepto tus disculpas —dijo Hannah, con la misma distinción de la Primera Dama—. Pero necesitaré tiempo para perdonarte.

Ignorando la confusa mirada de Alex, pasó por su lado y entró en la consulta de Hilda. Cuando él me miró, me encogí de hombros e imité los pasos de mi amiga.

—Oye, espera. Si has aceptado mis disculpas, eso significa que me perdonas. No puedes coger mis disculpas para utilizarlas, no sé, en cualquier otro momento que te plazca.

—Sí puedo —se empecinó Hannah—. Y, de hecho, como puedo, lo estoy haciendo. Ya tengo tus disculpas. Te avisaré cuando decida perdonarte.

Alex puso los ojos en blanco mientras Hilda nos observaba.

—No tenía previsto hacer hoy una consulta grupal —comentó.

—Ni yo que me espiasen —añadió Alex con ironía.

—Pero podemos quedarnos, ¿verdad? —preguntó Hannah—. ¡Tenemos un problema grandísimo de vida o muerte! —Miró a su alrededor—. ¿Dónde están las sillas?

—En ningún lugar —respondió Alex, disfrutando del momento.

Hilda se inclinó hacia delante, juntando las palmas de las manos como si estuviese rezando, e inspiró profundamente al tiempo que nos sentábamos en los almohadones.

—Vamos a proseguir donde lo habíamos dejado. —Se presionó el puente de la nariz, cerrando los ojos, y después miró a Alex. Yo creo que estaba a punto de gritar—. Continúa. Me hablabas de la antipatía que despiertan en ti las amigas de Emma, ¿no es cierto?

Alex emitió una carcajada, a pesar de que no parecía divertirlo la situación.

—No pienso mantener una sesión con ellas aquí.

—Sí, y nosotras necesitamos su ayuda —agregó Hannah. Estaba sentada en su almohadón de lado, con una pierna sobre la otra, impidiendo así que se le subiese la corta falda de Armani que llevaba puesta.

—Todo a su tiempo —dijo Hilda, sin apartar los ojos de Alex. Estaba convencida de que era su preferido, pero ¿por qué? ¡Yo era más mona y agradable!—. Creo que es una ventaja que ellas estén aquí, así podemos aclarar qué problema tienes.

Alex volvió a reír, esta vez con nerviosismo, y se pasó las manos por la mandíbula, acariciándose la incipiente barba. Negó con la cabeza un par de veces.

—No tengo ningún problema, Hilda. Ninguno.

—Volvió a usar su sonrisa más encantadora—. Pasemos al siguiente punto de la lista. No pretendo acaparar todo el protagonismo.

Lo notaba inquieto, pero no entendía por qué. Normalmente, Alex tenía una envidiable seguridad en sí mismo digna de estudio. ¿Eso que se conoce como «el ego de los artistas»? Bueno, pues como él no lo era, se había inventado su propio «ego de Alex» y los dos vivían en perfecta sintonía el uno con el otro.

—¿Por qué el hecho de que Emma se relacione con personas que tienen un título académico o un alto poder adquisitivo provoca que te sientas inseguro?

Pestañeé confundida. Su pregunta no tenía ni pies ni cabeza y la dijo así, de golpe y sin pensárselo dos veces, cuando, si algo le sobraba a Alex, era confianza. Le sobraba a patadas.

Me preparé para escuchar otra risotada a mi derecha, que era donde Alex se encontraba, pero al ver que continuaba en silencio, me giré hacia él. ¿Por qué demonios no se reía y vacilaba un poco a nuestra loquera? Es más, parecía serio y pensativo.

—Bueno... —permaneció quieto, con la cabeza algo agachada y la mirada clavada en la alfombra de colorines que había a nuestros pies—. Supongo que me afectaba lo que Emma pudiese pensar de mí, porque nunca destaqué especialmente en ningún ámbito profesional y sé lo importante que es eso para ella. Yo siempre tenía dudas y nunca me sentía realmente satisfecho con lo que hacía, mientras que Emma vivía por y para su trabajo y no dejaba de presentarme a gente influyente. Era la única persona de su entorno que no era considerada valiosa en algo concreto. Puede que eso me agobiase un poco, sí.

No sé cómo conseguí hablar, porque estaba desconcertada.

—¡Yo nunca pensé algo semejante! —exclamé—. ¿Cómo pudiste planteártelo siquiera? ¡Jamás me importó que tuvieses o no un título! ¡Menuda chorrada más grande!

Alex evitó mirarme. Mientras tanto, en medio de aquel incómodo silencio, Hannah aceptó una de las galletas con pepitas de chocolate que Hilda le tendía y la masticó enérgicamente, sin dejar de observarnos, a la espera de que el *show* prosiguiese.

—¿No piensas decir nada? —pregunté atónita.

Él alzó la mirada y sus ojos azules se encontraron con los míos.

—¿Qué más quieres que diga? —Frunció el ceño—. Es la verdad. Me sentía así. Y, sinceramente, tú no colaborabas demasiado a que la cosa cambiase. Si te fijas, siempre que hablas de tus amigas no dices sus nombres sin más, sino que las asocias a cosas concretas, como por ejemplo, «Elisa, la abogada» o «Hannah, la billonaria con "b"». ¿Por qué haces eso si no es para lanzarme una indirecta? ¿Crees que no sé en qué trabaja una y que la otra está forrada? No sufro pérdida de memoria a corto plazo ni interpreto la película *50 primeras citas*, así que, por lo que más quieras, deja de repetirlo de una vez por todas.

Hannah se llevó al pecho la mano con la que sostenía su galleta.

—Oh, qué bonita es esa película, ¡la adoro! —gimió.

Vale, puede que Alex tuviese razón y no fuese una buena idea hacer una sesión de terapia estando Hannah delante. Tener público no ayudaba mucho, más bien todo lo contrario. Inspiré hondo, procurando reordenar mis ideas.

189

—¿Por eso te caían mal mis amigas? —pregunté en voz baja.

—Puede que influyese un poco, sí —admitió de mala gana.

Me levanté de mi sitio, caminé a trompicones por la sala y me arrodillé al lado de Alex, posando una mano en su hombro. Noté cómo se estremecía.

—Lo siento si te hice creer eso... pero no es cierto —le aseguré, esforzándome por no llorar—. Sí que es verdad que me frustraba que nunca encontrases nada que te gustase realmente, pero jamás pensé que fueses poco inteligente o me molestó que no te licenciases. Lo prometo. Y odio que te hayas sentido así todo este tiempo por mi culpa; si me lo hubieses dicho antes, habríamos podido...

Dejé de hablar cuando los brazos de Alex me rodearon con fuerza y caí sobre su regazo. Correspondí su abrazo, cerrando los ojos y aprovechando aquel momento de paz para inspirar el aroma a cítricos que desprendía su piel, su cálida piel...

—¡Son tan ideales! —gritó Hannah, emocionada.

Fue entonces cuando la mágica sensación se rompió. Desde luego, estábamos ofreciendo una obra de teatro inmejorable para ambas porque ni siquiera Hilda había abierto la boca a lo largo de toda la consulta. Me separé de Alex, pero me senté a su lado, en la alfombra, con mi rodilla tocando la suya y sintiendo un hormigueo por todo el cuerpo.

Tosí, aclarándome la garganta. Ya había decidido a qué quería dedicarme en mi próxima vida: psicóloga. Sentarme y escuchar. Comer galletas y escuchar. Dibujar y escuchar. Jolines, era mucho más interesante que ver la televisión y no tendría que contratar el canal por cable. Y encima, me pagarían por ello. Menudo chollo.

—Veo que vamos progresando. —Hilda sonrió y Hannah, a la que tenía ganas de matar, aplaudió enérgicamente—. Son buenas noticias. Os hacía falta un poco de comunicación. Debéis aprender a escucharos mutuamente, a entenderos y a dejar de juzgaros constantemente. ¿Alguno de los dos quiere aportar algo más?

Ambos negamos con la cabeza.

—Entonces, ¡supongo que es mi turno! —exclamó Hannah emocionada—. ¿Puedo hablar ya o tiene usted que darme permiso o hacerme antes algunas preguntas...?

Hilda cerró los ojos y suspiró antes de volver a mirar a mi amiga. Parecía cansada, como si nuestra presencia la incordiase.

—Puedes expresarte directamente.

—Ah, vale, perfecto. —Sonrió, mostrando una perfecta hilera de dientes blancos—. ¿Recuerda a esa otra amiga de la que él ha estado hablando? La que era un bloque de hielo —aclaró, asesinando a Alex con la mirada y consiguiendo que él no pudiese reprimir una sonrisa—. Pues el caso es que se va a casar el próximo mes y ¿a que no adivina de qué nos hemos enterado hoy?

Hilda presionó los labios con fuerza.

—Cariño, soy psicóloga, no vidente.

Alex alzó una mano en alto, pidiendo turno para hablar.

—¿Puedo intentarlo yo?

Emití una risa seca.

—No lo adivinarías ni en un millón de...

—Él está con otra —concluyó, dejándome a medias.

—¿Cómo lo sabes? —gritó Hannah con su aguda voz, como si de verdad creyese que Alex se dedicaba habitualmente a leer las cartas del tarot y mensajes escritos en las estrellas.

—No era una pregunta muy complicada. Me atrevería a decir que no ha estado con una, sino con varias a lo largo de todos estos años. Se veía venir de lejos. Era un capullo —dijo mientras me miraba—. Te lo dije.

Fruncí el ceño, consternada.

—¿Me dijiste el qué, exactamente?

—Que la engañaba —respondió.

—Ahora sí que has tocado fondo. Estás loco de remate. ¿Insinúas que todo este tiempo lo he sabido pero no he hecho nada al respecto? ¿Te estás escuchando?

—No exactamente, pero te advertí de que Colin no era de fiar y tú lo único que repetías una y otra vez es que era ideal y maravilloso y blablablá. Pues bien, ahí tienes a tu hombre perfecto. Cuando quedábamos con ellos, tenía que hablar con él y te aseguro que rezaba para quedarme sordo temporalmente.

Hilda llamó nuestra atención:

—Será mejor que vayamos al grano. No me gustaría tener que cobraros la consulta como si fuese una doble sesión.

«Ja. Seguro que le encantaría.»

—Eso es lo que ha pasado —continuó Hannah—. Elisa pilló a Colin con otra. Pero eso no es lo peor, lo que de verdad nos preocupa es que no quiere cancelar su boda.

—Bueno, es su decisión, ¿cuál es el problema? —preguntó Hilda.

¿Esa tía era tonta o qué? Puse los ojos en blanco.

—El problema es que se va a casar —pronuncié despacio cada palabra—. Esperábamos que usted pudiese ayudarnos. Quizá Elisa entre en razón si nos da algunos consejos o la convencemos para que acuda a una de sus sesiones.

—Lo siento mucho, Emma, pero no puedo influir en algo así. Si vuestra amiga quiere venir a mi consulta por voluntad propia, estaré encantada de atenderla.

—Pues gracias por... bueno, por nada, en realidad —ironicé al tiempo que empezaba a levantarme con torpeza—. Creo que ha llegado la hora de irnos —le indiqué a Hannah; sus labios estaban curvados mostrando un conmovedor puchero.

Le tendí a Hilda sus setenta dólares tras asegurarle que no hacía falta que nos acompañase hasta la puerta, y caminé por el largo pasillo dando grandes zancadas. No había conseguido todavía escapar de allí, cuando Alex me retuvo sujetándome de la muñeca. Sacudí el brazo, intentando desprenderme de las sensaciones que me provocaba el contacto de su piel contra la mía.

—Yo os ayudaré. Hablaré con ella.

—¿Con quién? —Lo miré alucinada.

—Con Elisa. Déjame que tengamos una charla. Los dos solos —puntualizó.

¿Qué se suponía que debía contestar? Era como una especie de ofrenda de paz. Creo que nunca habían estado ambos a solas. Quizá en algún momento esporádico, cuando Alex venía a recogerme al piso que nosotras compartíamos y yo iba al baño o me cambiaba a toda prisa de ropa por cuarta vez consecutiva.

—No estás bromeando, ¿verdad? —Quería asegurarme.

Alex negó con la cabeza y unos cortos mechones de cabello negro se deslizaron por su frente. Lo que realmente necesitaba era poner una distancia prudencial entre nosotros, porque su aroma conseguía que entrase en trance. Y no quería desfallecer en el pasillo de Hilda, porque estaba convencida de que ni se molestaría en llamar a las autoridades y enterraría mi cuerpo en el jardín, sin ningún tipo de remordimiento.

—¡Es una gran idea, Alex! —decidió Hannah.

—Perfecto. Pasaré a recogerla a las siete. Conozco un sitio que le encantará.

Asentí con la cabeza porque no era capaz de articular ninguna palabra. Una vez en el exterior, Alex se despidió de nosotras sacudiendo una mano en alto, al tiempo que con la otra acariciaba amistosamente al gato negro, que ronroneaba agradecido a sus pies. Me pregunté si no habría juzgado demasiado rápido a aquel felino, puesto que cuando estaba con Alex parecía encantador y formaban una imagen idílica, digna de enmarcar.

Cuando me di la vuelta, dispuesta a marcharme de allí, advertí que Hannah se quedaba rezagada y, unos segundos después, escuché su alegre voz gritona.

—Por cierto, ya estás perdonado —anunció con cierto retintín—. Pero si me entero de que vuelves a decir algo tan horrible...

—No volverá a pasar. Confía en mí.

—De acuerdo. Te creo.

Desde luego, no podía decirse que Hannah fuese una persona rencorosa. Si de mí hubiera dependido, probablemente ni en un millón de años habría perdonado algo así.

Unos segundos después, Hannah me alcanzó, caminando con los tacones por el camino de gravilla, y me sonrió satisfecha. Antes de montar en el coche, con la puerta del conductor ya abierta, miré a Alex, que me observaba a lo lejos, y descubrí que también él sonreía.

24

(ANTES) TAREAS INCUMPLIDAS:
NO OBSESIONARSE

Había entrado en casa de los Harton con un nudo en el estómago y salí con la misma sensación de angustia y decepción. Monté en el coche, me abroché el cinturón y me puse las gafas de sol porque no estaba segura de poder contener las ganas de llorar. Alex no pareció notar nada mientras daba marcha atrás y abandonábamos la propiedad de sus padres.

—Todo ha ido bien, ¿no? Ha sido fácil.

—¿Estás bromeando? —Tenía la boca seca—. Tu madre me ha dado la porción más pequeña de la tarta de queso diciendo: «Falta muy poco para el verano, querida, y los biquinis no se lucen solos por muy bonitos que sean».

—No se lo tengas en cuenta, no sabe lo que dice.

—No me puedo creer que lo apruebes.

—¡Y no lo hago! Sé que mi madre es un poco toca-pelotas, sí, pero la veo solo una vez al año cuando vengo a casa de visita y no quería discutir con ella. Cariño, olvídalo. Joder, estás perfecta, eres perfecta. Solo te pido que no te obsesiones por una tontería así.

—Está bien, no me obsesionaré con que me haya llamado foca.

—¡Emma! Venga, ¿vamos a arruinar el viaje por eso?

—¡Sí! Porque, por si no te has dado cuenta, tu madre me odia y creo que solo me querría más si midiese un metro ochenta, tuviese unas piernas tan largas como para poder esquiar por ellas y hablase con algún tipo de acento o qué sé yo. Pero me ha mirado como... como... ¡como si no te mereciese! —logré decir.

—No es cierto y tú lo sabes. Además, ¿qué más te da? No volveremos a verla hasta dentro de ocho o nueve meses, allá por Acción de Gracias.

—Eso si encuentras un trabajo y tenemos dinero suficiente para venir, claro —masculló antes de darme cuenta de que lo estaba haciendo, como si mis palabras tuviesen patas y fuesen por libre, saliendo a lo loco.

Las manos de Alex se aferraron con más fuerza al volante y tensó la mandíbula. Me sentía tan mal por él, por mí, por todo, que apenas logré balbucear nada.

—Lo siento... no pretendía...

«Es solo que no entiendo por qué has dejado tu último trabajo, ese en el que ganabas un buen sueldo al mes y tenías un horario genial», pensé, pero no llegué a decirlo, porque Alex encendió la radio del coche dándole un golpe y subió el volumen de la música dando por finalizada la conversación.

25

HAY CORAZONES QUE TOMAN
DECISIONES

Ya había empezado a anochecer cuando logramos convencer a Elisa para que saliese a cenar con Alex esa
noche. Aunque, en realidad, no sabía si iban a cenar o
a visitar un zoo, las dos opciones me parecían igual de
improbables tratándose de ellos. Por supuesto, tampoco le habíamos dicho a qué se debía tal acontecimiento
y no cedí ante los interrogatorios a los que mi amiga me
sometió.

—Seguro que quiere convencerme de que es todo
un partido, para que lo ayude a reconquistarte. Patéti-
co. Alex todavía no sabe quién soy yo —sonrió malévola—, y creo que ha llegado la hora de demostrárselo.

Tragué saliva despacio, con un nudo en la garganta.

Ya no estaba tan segura de que aquel experimento
fuese a funcionar. Visto con un poco de perspectiva y
objetividad, podría considerarse como el peor plan del
mundo mundial.

—No estás obligada a ir... —titubeé—. Podemos decirle que te encuentras mal. Ya sabes, esos nachos que hemos comido no tenían buena pinta.

Cogí mi móvil, ignorando la mirada alarmada de Hannah. Aún estaba a tiempo de evitar una catástrofe sin precedentes.

—¡No! ¡Deja eso ahí! —me exigió Elisa, señalándome con el dedo—. Quiero saber qué pretende. Ahora tengo curiosidad.

Se dio la vuelta para mirarse de nuevo en el espejo del cuarto de baño y deslizó la barra del pintalabios rojo por sus labios.

Como era de esperar, Alex llegó quince minutos tarde.

En cuanto escuché el timbre de la puerta, corrí a abrir a toda velocidad como si me persiguiese una manada de osos pardos. Las piernas me temblaban. En cambio, él parecía tan sereno y tranquilo como siempre. Me sonrió. «¿Por qué tenía que tener una mirada tan... tan... bonita?», pensé, y a punto estuve de empezar a babear.

—Me gusta ese pantalón —dijo alzando una ceja.

No estaba segura de que pudiese considerarse un pantalón. Más bien era un trozo de tela vaquera deshilachado y por eso solo los usaba para estar por casa, a modo de pijama. Noté que me sonrojaba y eso me hizo sentir aún más ridícula. Suspiré hondo.

—¿De verdad no puedo acompañaros? —insistí al tiempo que vigilaba de reojo a Elisa, que, tras saludar a Alex con la mano, metía en su bolso las cosas que había dejado desparramadas encima de la mesa unas horas antes.

—No, no puedes. —Él se inclinó más hacia mí con

una sonrisa burlona. ¿Qué era tan gracioso?, no lo estaba pillando—. Pero cuando termine esta noche, me deberás un favor. Y en algún momento, me lo cobraré.

—Pensé que era algo desinteresado.

Alex negó con la cabeza, travieso.

—¿Sabes? No importa. En cuatro días estaré en la otra punta del país. No creo que me dé tiempo a devolverte ningún favor.

No sé si se lo dije a él o me lo recordé a mí misma porque estaba a punto de ceder al impulso de mis brazos y arrojarme a los suyos, pero el rostro de Alex se crispó y me miró con tal intensidad que temí que lograse carbonizar la puerta que aún sujetaba.

El silencio nos envolvió y volví a pensar en ello, en que las vacaciones estaban llegando a su fin y en un pestañeo volvería a estar en un avión de camino a Nueva York. De hecho, mi jefa ya había empezado a colapsarme la bandeja de entrada de mi correo mandándome infinidad de *e-mails*. Hasta el momento los había ignorado todos.

Me esforcé por pensar en algo interesante que decir para romper el incómodo silencio, pero lo único que se me ocurría eran tonterías y Alex ya conocía la mayoría de ellas, porque en algún momento de nuestra relación las había utilizado para huir de conversaciones difíciles o intentar distraerlo. Como que el treinta y cuatro por ciento de las personas odian sus pies, ¿lo sabíais? Seguro que no. O que los hombres tienen más probabilidades de ser alcanzados por un rayo que las mujeres, o que...

—¿A qué estás esperando ahí plantado? —le recriminó Elisa a Alex tras sacudirse hacia atrás su larga melena con un ágil golpe de mano.

—Nada, tan solo me hacía viejo mientras me preguntaba cuándo estarías lista para marcharnos —replicó.

Los labios de Elisa se curvaron mostrando una pequeña sonrisa casi imperceptible antes de alzar la cabeza bien alto y salir del bungaló repiqueteando sobre el suelo con sus zapatos rojos de tacón. Alex negó con la cabeza y después la siguió. Ni siquiera se molestó en despedirse de mí; fue como si de pronto me convirtiese en un ser invisible para él, dado que sí que vi cómo le decía adiós con la mano a Hannah, que estaba a mi espalda.

Intentando matar el tiempo (y los nervios), ambas nos propusimos preparar una cena decente. En concreto, tacos de pollo con tiras de pimientos, queso rallado y picante. A las siete y media ya lo habíamos engullido todo y, a partir de ahí, comenzó mi viaje por el camino de la desesperación. Así fue la cronología de los hechos:

7:45 p. m. Le hice una llamada perdida a Elisa, temiendo que la cosa fuese mal. Como no me contestó, me senté en el sofá junto a Hannah y empezamos a ver una película de miedo en la que salía una niña terrorífica que tenía un cabello negro muy largo. (¿Los espíritus malignos no sabían lo que era una peluquería?)

8:05 p. m. Ante la falta de respuesta, le escribí un mensaje a Elisa que decía:

> ¿Sigues viva? Espero que sí.
> Llámame.

Dudé sobre si añadir una carita sonriente, pero como no estaba nada feliz, finalmente omití el emoticono. Se lo tenía merecido.

8:25 p. m. Cambié de canal, dejando la película a medias. Hannah estaba aterrada y yo no podía dejar de mirar mi teléfono a la espera de que Elisa me contestase o de que me llamase la muerte para anunciarme, con voz susurrante, que me quedaban siete días de vida.

9:00 p. m. Seguía sin noticias. ¿Habrían intentado matarse entre ellos?

9:40 p. m. El *reality show* sobre la vida de algunos famosos era mucho más interesante que la película de miedo. Ahora ya podía morir en paz, porque estaba al tanto de que Jennifer López exigía que en sus habitaciones de hotel fuese todo blanco. Guau. Qué excéntrica.

10:00 p. m. Todavía no sabía nada de Alex o Elisa, pero, por el contrario, sí sabía que Mariah Carey acostumbra a pedir sales del Mar Muerto para hacerse un *peeling* casero.

10:30 p. m. Le exigí a Hannah que la llamase desde su móvil.

11:00 p. m. Iba a morir. Ninguno contestaba al teléfono. ¿Qué estaba pasando? ¡Tenía derecho a saberlo!

12:00 a. m. Hannah se fue a dormir y me dejó completamente sola con un nudo de preocupación y a punto de sufrir un ataque cardiaco. Que pasasen juntos varias horas no podía traer nada bueno. Eran como el agua y el aceite, no se trataba de que pudiesen llegar a entenderse, sino más bien de una verdad científica irrefutable.

12:30 a. m. Empecé a buscar en el listín telefónico los números de todos los hospitales de la zona. Con un poco de suerte, todavía estarían vivos. No perdía la esperanza.

12:47 a. m. Elisa llegó al bungaló.

Me levanté a toda velocidad del sofá, llevándome una mano al pecho y olvidando a la recepcionista del segundo hospital al que había llamado, que me atendía desde el otro lado del teléfono. Elisa me miró sonriente tras cerrar la puerta con el pie derecho como si fuese un cowboy; llevaba el cabello revuelto y se la notaba algo achispada.

Reparé en que todavía tenía el teléfono en la mano y me lo llevé a la oreja, mientras ella se quitaba la chaqueta y la dejaba de cualquier modo sobre el respaldo del sofá, instantes antes de desprenderse de los zapatos de tacón. No se molestó en recogerlos.

—Sí, sigo aquí —dije—. Perdone las molestias, ha sido un error. Gracias por su ayuda de todos modos.

Colgué y me acerqué a Elisa, que se había dejado caer en el sofá. La estudié, intentando encontrar algo raro en ella, pero, a simple vista, parecía normal. Al menos, a nivel físico todo estaba en su sitio. Ninguna mutilación a la vista. Bien.

—¿Qué tal? —pregunté tanteando el terreno.

Elisa se encogió de hombros, sonriente.

—Muy bien. Fantástico.

—Ajá. —No sabía qué más decir.

Se incorporó, sentándose con las piernas al estilo indio.

—Nos lo hemos pasado genial, ¡ha sido muy divertido! Hicimos una competición para ver quién conseguía beber más chupitos y ganamos a los de la mesa de al lado, ¿te lo puedes creer? Eran unos pringados. Y ya sabes que a mí me pierde competir.

Asentí con la cabeza, sintiéndome un pelín incómoda.

—Bueno, ¿y qué más habéis hecho? —indagué.

—Después de cenar y de ganar esa competición, quedamos con algunos amigos de Alex en un local que está aquí cerca y me aconsejaron que pidiese el cóctel especial de la casa. No te imaginas lo increíblemente bueno que está, podría morir feliz con uno de esos en la mano.

—Qué interesante, sí. ¿Y qué tal eran sus colegas? ¿Había también amigas? ¿Te presentó a alguna chica alta que se pareciese a Claudia Schiffer?

Elisa resopló y después sacudió una mano en alto.

—¡Qué pesada eres, Emma! Alex no siente nada por Samantha y tú haces granos de arena de montañas más y más grandes. Parece que estés chiflada. Y no, no la he visto.

¿Qué tipo de amigas tenía? ¿Es que la lealtad no significaba nada para ninguna de las dos? Era un concepto básico que nos enseñaban a todos los seres humanos desde bien pequeños, precisamente por eso existía *El rey león*, para divulgar y potenciar todo el tema de los clanes, la manada inseparable, la fidelidad... Y luego, cuando crecíamos, pues ahí teníamos *El padrino*. ¿No podíamos nosotras ser como una familia unida? Aunque, por otra parte, ¿qué podía esperar de alguien que decía que hacía «granos de arena de montañas más y más grandes»? Pensaba recriminarle a Alex que la hubiese dejado beber tanto.

—Así que habéis estado hablando de mí —deduje.

—Sí, un poco. Bastante. No te molesta, ¿verdad?

—No, ¡claro que no! Es genial que os hayáis hecho tan amiguitos. Vamos, que no me sorprendería que a este paso terminases invitándolo a tu boda y sentándolo en la mesa principal —lo solté así, pum, directa a la yugular.

Elisa bostezó.

—¿Qué boda?

La miré incrédula.

—No sé. La tuya, por ejemplo.

Era oficial: yo era la única persona cuerda que quedaba sobre la faz de la Tierra. Una superviviente. Una especie en extinción. No sé si eso decía mucho a favor o en contra del resto de los seres humanos, pero había llegado el momento de asumir mi papel en el mundo.

—¡No hay boda! —gritó sonriente—. La he cancelado hace horas. —Se levantó del sofá, bostezando por segunda vez, y estiró los brazos en alto—. No pensarías de verdad que iba a casarme con ese imbécil, ¿no? ¡Ya le gustaría a él! Creo que mi cama me llama. Buenas noches.

Apagué la televisión, todavía dándole vueltas a lo que acababa de ocurrir, y el silencio se apoderó de la estancia. Pulsé el interruptor de la luz y me tumbé en el sofá tras decidir que esa noche dormiría allí. Clavé la mirada en el techo y suspiré hondo.

Al final iba a resultar que era la única que no se entendía con Alex. Echaba de menos esa sensación de sentir que conectábamos, que lo bueno siempre terminase superando las partes más feas de nuestra relación. Recordé que en apenas tres días volvería a Nueva York y sacudí la cabeza, obligándome a dejar de pensar. Era más fácil así.

Desperté en cuanto escuché el ruido de los cacharros de la cocina. Olía a café y Hannah había empezado a preparar tortitas. Me incorporé en el sofá y, al mirar la hora en el móvil, vi que tenía un mensaje de Alex.

> Estás en deuda conmigo. Ve
> haciéndome un hueco en tu
> agenda.

Negué con la cabeza, reprimiendo una sonrisa, y respondí:

> Gracias por lo de Elisa, de verdad.
> Y exactamente, ¿qué es lo que
> quieres?

Comencé a ayudar a Hannah con el desayuno mientras la ponía al tanto de lo que había ocurrido la noche anterior, anunciando que la boda se había cancelado. Cuando escuché el pitido de mi móvil, dejé una de las tortitas a medio hacer en la sartén y corrí hacia él.

> Una última cita.

Me quedé más de un minuto mirando la pantalla del teléfono.

¿Qué esperaba conseguir? ¿Pasar un buen rato conmigo antes de que llegase el momento de la despedida? Nuestra relación no era así. Nunca había sido así, ni siquiera al comienzo. No era un lío de una noche, no era un desahogo rápido que, horas más tarde, pudiese olvidar. Si accedía a tener una cita con él, probablemente recordaría aquel día durante el resto de mi vida, a modo de tortura. Y, además, era débil cuando estaba cerca de él y no quería ni pensar en qué podría llegar a ocurrir si nos quedábamos a solas en algún lugar que no fuese público.

—¡Buenos días! —saludó Elisa entrando en el salón.

Llevaba puesta una desaliñada camiseta muy corta que dejaba al descubierto la parte inferior de su estómago. Tras arrancar un trozo de una de las tortitas y sonreír cuando Hannah la regañó por ello, se lo metió en la boca. Yo me guardé el móvil en el bolsillo de los deshilachados vaqueros, aunque sabía muy bien cuál era la respuesta. Miré a Elisa.

—¿Qué tal te has levantado?

—¡Genial! —Cogió el plato de tortitas.

—Emma, ¿prefieres café o zumo? —preguntó Hannah con la cafetera en la mano.

—Café, gracias. —Saqué la leche de la nevera.

Nos acomodamos en la mesa y comenzamos a desayunar en silencio. Todo parecía diferente, como si Hannah ya no fuese Hannah y Elisa ya no fuese Elisa y yo... bueno, yo me sentía confundida, perdida e incapaz de pensar con claridad.

—Emma me ha dicho que has cancelado la boda.

Elisa frunció el ceño y se limpió la boca con una servilleta.

—Debía de estar drogada para querer seguir adelante con ese estúpido compromiso. Tendríais que haberme dado una paliza. Colin no para de llamarme desde anoche y a mí empieza a dolerme el dedo de tanto darle al botón de colgar. Como siga así, le haré un regalito: una orden de alejamiento. No me digáis que no es original.

Ahí estaba otra vez la chica decidida y temible que tan bien conocía.

—¿De qué hablaste con Alex? —preguntó Hannah.

—Mmm, de muchas de cosas. —Se llevó un trozo de tortita a la boca—. De la vida, de los problemas, de las relaciones, del amor, de todo en general.

Intenté cambiar el rumbo de la conversación.

—¿Ya habéis pensado qué queréis que hagamos hoy?

—¿Tú no tienes ningún plan? —dejó caer Elisa.

—A ver, déjame pensarlo... No. Ningún plan. —Le di un sorbo al café, enfadada porque ella estaba al tanto de que Alex había planeado pedirme una cita y no se le había ocurrido decírmelo la noche anterior—. ¿Sabes? No digas nada, ni siquiera quiero hablar del tema. Las cosas son como son. Tú misma me lo dijiste hace apenas unos días; no me vale que ahora cambies de opinión por muy bien que lo pasases ayer.

—Lo siento, no quería interferir. Tú sabrás lo que haces.

—Exacto —concluí y me terminé el café.

Pero, tal como esperaba, Elisa contraatacó:

—Creo que podrías arrepentirte...

—Tienes mi voto —le dijo Hannah.

Genial. Las dos contra mí en el equipo de Alex.

—Chicas, no lo entendéis. Es difícil, es... duro.

—Sabes que te apoyaremos de todas formas.

Asentí y aparté la mirada de Elisa. Después, con el estómago un poco revuelto, me levanté y me metí en la habitación. Cogí el móvil y suspiré hondo antes de empezar a teclear.

Lo siento, Alex. No puedo aceptar.

Lo leí con un nudo en el estómago.

Y entonces, como si mi cabeza fuese por un sitio y mi corazón tomase la dirección equivocada, lo borré todo y volví a escribir:

De acuerdo, ¿a las siete en punto?

26

(ANTES) LUNES QUE SABEN A SÁBADOS

Agotada, sudando y con el pelo recogido de cualquier manera en un moño, di un paso hacia atrás para observar la estancia. Allí solo había cajas y más cajas, todas apiladas y cerradas, llenas de nuestras cosas. *Nuestras*, me repetí esa palabra con una sonrisa, a pesar de que apenas podía mover ni un solo dedo tras pasar todo el día subiendo y bajando las escaleras del apartamento que habíamos alquilado en la ciudad.

Alex me abrazó por la espalda y me dio un beso en el cuello.

—No me digas que no es perfecto.

—Es perfecto. —Me giré hacia él, feliz.

—Deberíamos estrenarlo...

Sus manos se deslizaron por debajo de mi vestido hasta alcanzar la ropa interior y bajarla por mis muslos con un movimiento brusco y una sonrisa traviesa.

—Ahora mismo doy asco.

—Tengo la solución perfecta.

Alex me cogió en brazos mientras el eco de mi risa retumbaba en las paredes de las habitaciones aún vacías. Nos metimos en la ducha, mirándonos bajo el chorro de agua caliente, que empañó el cristal un minuto después. Me puse de puntillas y lo besé, pensando que él tenía razón, que todo era perfecto, empezando por el cosquilleo que creaban sus labios sobre los míos, mojados, tan suaves...

Lo mordí y él gruñó en respuesta antes de alzarme sujetándome contra la pared de azulejos. Gemí cuando se hundió en mí con fuerza, sin caricias previas, embistiéndome rápido, susurrando mi nombre con la boca pegada a mi cuello mientras los dos nos dejábamos ir a la vez, jadeantes.

Media hora más tarde, estábamos sentados con las piernas cruzadas encima de un colchón que habíamos colocado en el suelo del salón para poder dormir esa noche. Habíamos pedido comida china para llevar y Alex me tendió su caja de tallarines para que los probase y me dio un beso que sabía a salsa agridulce y que me hizo protestar.

—¡No seas quejica! —Él se rio y después miró a su alrededor, todavía con los palillos en la mano—. Piénsalo, Emma. Tú y yo bajo este techo cada día. ¿Sabes lo que he pensado al llegar y dejar la primera caja? Que va a ser tan genial que parecerá que los lunes son sábados y los sábados serán solo un día más.

27

EL ARTE DE IMPROVISAR CON ALEX

Para mi sorpresa, Alex llegó puntual.

A las siete estaba llamando a la puerta y, unos minutos después, tras quedarse un rato hablando con las chicas como si fuesen íntimos desde siempre, nos dirigimos hacia su moto. Frené las ganas que tenía de rodearle la cintura con los brazos y apoyar la mejilla en su espalda; ni siquiera me abalancé sobre él cuando aceleró al incorporarnos a la carretera. Le había preguntado al salir que a dónde nos dirigíamos, pero Alex contestó que no tenía ningún plan trazado más allá de salir a tomar algo por ahí, y yo lo creí, porque él solía ser muy de improvisar sobre la marcha.

Cuando vivíamos juntos y llegaba a casa el viernes por la tarde preguntándole qué íbamos a hacer ese fin de semana, siempre soltaba algo como «Cualquier cosa, ya veremos»; en Navidad, cuando toda la ciudad estaba llena de luces y de Santa Claus y nosotros todavía no teníamos el árbol puesto ni un solo regalo comprado,

Alex contestaba: «No dramatices, Emma, todavía quedan diecisiete horas de margen».

Aparcamos delante de un local de madera pintado de azul cobalto que estaba delante de la costa, casi rozando la arena, con una terraza pequeña y acogedora en la que nos sentamos.

—En este sitio hacen la mejor sopa de cangrejo que conozco. Y te aconsejo que pidas también la ensalada de frutos secos, lleva una salsa que te encantará.

Lo miré fijamente mientras él doblaba la carta.

¿Por qué estaba tan guapo? ¿Por qué tenía esa sonrisa? ¿Por qué él era... él? ¿Por qué de entre todas nuestras discusiones habíamos terminado separándonos por una tontería? Y todavía más importante, ¿por qué me había pasado años discutiendo con ese hombre cuando en esos momentos lo único que deseaba era cobijarme en su pecho y decirle que sentía no haber sabido entenderlo, no haber encontrado la manera de que las cosas fuesen distintas...?

—Emma, ¿me estás escuchando?

—Ni una sola palabra —admití.

Alex se echó a reír y negó con la cabeza.

—Te preguntaba que qué te parecía el sitio.

—Ah, es genial. Quiero quedarme a vivir aquí.

—Vaya, eso es entusiasmo y lo demás son tonterías.

—Ya sabes, soy muy de extremos.

Estaba tan nerviosa que estuve a punto de tirar la copa de vino blanco que el camarero acababa de servirnos. Fui a darle un trago y por poco no me la terminé entera de golpe.

—¿Estás bien? —Alex alzó una ceja, mirándome.

«Todo lo bien que una puede estar cuando sabe que no va a volver a verte nunca más», quise gritar, pero, por supuesto, no lo hice. Cuadré los hombros, tal como me habría aconsejado Elisa si hubiese estado allí, y respiré hondo.

—Sí, perfectamente.

Nos sirvieron la sopa de cangrejo, la ensalada y unos palitos de pan y queso para picar. Pedí una segunda copa de vino, porque la iba a necesitar. Después logré que mi estómago cooperase y comí algo mientras Alex se encargaba de la conversación y me contaba los planes que tenía para el negocio, me hablaba de sus socios y de algunos de los lugares de la zona que había visitado en los últimos meses.

—¿Qué tal te va a ti en el trabajo?

—Muy bien. Ya sabes, edito historias de amor en las que no creo y cobro por ello. Supongo que no puedo quejarme —bromeé.

Él me miró serio y pensativo. Yo tragué saliva.

—¿Y cuándo dejaste de creer en el amor?

Tenía un agujero en el estómago. Cogí aire.

—No sé, más o menos entre la cancelación de mi boda y el día que me olvidé de comprar pepinos para hacerme una mascarilla. —Él no se rio. Ya. Yo tampoco—. Deberíamos vetar ese tema, ¿sabes? El del amor. Y cualquier otro que resulte incómodo.

—En ese caso, veto el tema de mi madre.

Alex sonrió y pidió agua para poder conducir.

—Yo veto a nuestra psicóloga. Es evidente que te quiere más a ti que a mí y partes con ventaja. Y también cualquier cosa que tenga que ver con nuestra vida en Nueva York.

Él se frotó la mandíbula y se mordisqueó el labio inferior. Juro que, cuando lo vi hacer eso, me faltó poco para lanzar volando la crema de cangrejo, saltar sobre la mesa como la chiflada que era y besarlo hasta dejarlo sin respiración. Alex era droga. Y yo tenía que desintoxicarme del todo. ¿Cómo? Yo qué sé.

—En ese caso, creo que solo nos queda hablar del tiempo o de lo divertidos que son los vídeos de gatos que hay en la red. Venga, ¿qué prefieres?

—Gatitos graciosos, obviamente.

Nos miramos en silencio, más relajados.

Tenía la sensación de que estábamos más cerca que nunca y, al mismo tiempo, muy lejos. No habíamos sido capaces de comprendernos el uno al otro y en algún momento del camino habíamos tomado direcciones diferentes.

—¿Vamos a dar una vuelta por la ciudad?

Asentí en silencio. Pagamos y montamos en la moto. En esa ocasión, apoyé la mano en su cintura y él me rozó los dedos antes de arrancar. Ignoré el estremecimiento que me recorrió el cuerpo y el viento de la noche que había empezado a arreciar me despejó antes de que volviésemos a parar cerca de Venice. Una vez allí, nos internamos entre las calles, alejándonos un poco de la costa y hablando de cualquier cosa que fuese fácil para los dos.

Terminamos en un pub pidiendo dos cócteles.

Alex se sentó en una de las sillas de bambú que conjuntaban con la decoración de todo el local y yo me acomodé a su lado, en la penumbra de aquel rincón. Me dio a probar su bebida antes de quitarme la mía, que sabía a coco y a vainilla. Pedimos una segunda ronda poco después, mientras él se venía arriba recordando travesuras que había hecho con mi hermano de pequeño y yo disfrutaba de la mera sensación de volver a sentirme tan bien con él, como si nada hubiese cambiado, tan solo nosotros dos pasando un rato divertido, conectando de nuevo, entendiéndonos en aquel pequeño lugar aislado de todo lo demás.

—¿Sabes que la probabilidad de tener cuatrillizos es de una entre un millón?

—¿En serio? Será mejor que no me haga ilusiones.

Lo miré sorprendida. Y, un poco achispada, le di un codazo.

—¿Te gustaría tener cuatrillizos?

—Puede. Me gustaría tener hijos. Muchos.

Yo ya lo sabía. No lo de los cuatrillizos, claro, sino lo otro. Alex siempre había querido tener hijos y a mí nunca me había parecido un momento apropiado porque, para empezar, él cambiaba constantemente de trabajo y esa situación me parecía inestable, así que...

—Espero que lo consigas, algún día... —susurré.

Y no lo dije más alto porque, al parecer, tenía una maldita piedra en la garganta del tamaño de una sandía; apenas podía hablar. De pronto imaginé la vida de Alex sin mí, con otra mujer, teniendo hijos, siendo feliz. Una parte de mí deseó que tuviese todo aquello, pero otra mucho más dañina tan solo me provocó dolor al darme cuenta de que no sería conmigo.

—Emma... —Alex negó con la cabeza y luego se levantó y me tendió una mano—. Vamos a dar una vuelta por ahí, necesito aire fresco.

Yo también lo necesitaba, así que accedí.

Caminamos un buen rato sin rumbo, en silencio, tan solo disfrutando de la compañía del otro, de esa sensación relajante que el alcohol deja a su paso y de la ciudad de Los Ángeles. Cuando llegamos a la zona en la que habíamos aparcado, le pregunté:

—¿Volvemos ya a casa?

—No hasta dentro de un rato. He bebido.

—¿Y qué hacemos hasta entonces?

Hubo un brillo en la mirada de Alex que conocía muy bien, demasiado bien. Yo sabía perfectamente qué se estaba imaginando, pero pareció pensárselo mejor y llegar a la misma conclusión que yo: que aquello solo podía ser catastrófico. Así que terminamos dando un paseo por la playa bajo un cielo lleno de estrellas titilantes y el viento húmedo de la costa. Cuando me cansé de caminar, me senté en la arena y él se tumbó a mi lado.

Se quedó mirando las estrellas y adiviné que estaba recordando un momento que yo me había esforzado por olvidar durante el último año. La promesa que nos hicimos una noche cualquiera en la azotea del apartamento en el que vivíamos, esa promesa que los dos habíamos acabado incumpliendo.

Me tumbé a su lado estirando los brazos.

—¿Puedo hacerte una pregunta?

—Claro. Lo que quieras —cedió.

—¿Qué fue lo que hablaste ayer con Elisa? Nosotras habíamos intentado que entrase en razón esa misma mañana sin conseguirlo y yo... pensaba que se casaría.

Hubo un momento de silencio. Luego, un suspiro.

—Le dije que, más allá de que la hubiese engañado o no, si quería saber si Colin la quería de verdad, solo tenía que hacerle tres preguntas. Si acertaba al menos dos, entendería que quisiese seguir adelante con la boda. Si el muy idiota fallaba, sería una decepción para sí misma casarse sabiendo que iba a pasar el resto de su vida al lado de una persona a la que no le importaba lo suficiente.

Me quedé pensativa unos segundos.

—¿Y puedo saber qué preguntas eran?

—La primera, ¿cuál era su comida preferida?

—¿Lo dices en serio? —Me reí.

—Claro. Si una persona que comparte su vida contigo durante años no ha sido capaz de fijarse en algo tan básico, ¿qué puedes esperar?

—Tienes razón. ¿Qué más?

—Que nombrase dos objetos que ella tuviese en su mesita de noche.

—¿Por qué? —Giré la cabeza para mirarlo.

—Porque es uno de los lugares más personales de cualquiera. No sé. Es algo que en teoría no es muy útil, pero todo el mundo tiene, como una división entre dos personas que comparten dormitorio, ya sabes, ese pequeño espacio íntimo.

—¿Y la tercera? —Me temblaba la voz.

—Un gesto. Algo que ella hiciese que a él le gustase.

—¿Y qué contestó Colin?

—Su ceño fruncido. Tenía puesto el manos libres y tuve que sujetarla para que no lanzase el teléfono volando. También falló las otras dos. De las comidas dijo que la lasaña.

—Oh, con lo fácil que era. A Elisa le pierde la pizza de cuatro quesos.

—Sí. Y de la mesita de noche solo acertó con el despertador.

—No me lo puedo creer. Llevan mil años juntos.

—Creo que esa es la clave. —Suspiró—. Seguir fijándote en los detalles y en la persona que tienes al lado a pesar de que los años vayan sumando...

Nos quedamos callados con la mirada fija en el cielo estrellado. Sentí el roce tímido de sus dedos en el dorso de mi mano y la aparté a pesar de lo mucho que me

217

dolió hacerlo. Yo deseaba aquello, pero sabía que solo terminaría siendo más doloroso, que estábamos avanzando por un camino repleto de polvo, sobre recuerdos que formaban parte del pasado y que habían terminado marcándonos lo suficiente como para que cada uno terminase viviendo en una punta del país. Pensé que ojalá las cosas hubiesen sido diferentes... Ojalá. Pero era tarde, todo estaba muy roto y, a pesar de que la mayor parte del tiempo me comportaba como una pirada, hasta yo era consciente de que no había nada que hacer.

—Deberíamos volver —dije.

—Sí. —Se levantó—. Vamos.

Me tendió la mano y yo la acepté, soltándolo en cuanto me puse en pie. Desandamos nuestros pasos por la orilla de la playa, sin hablar, y subimos en la moto. El camino de vuelta fue una tortura. Cada kilómetro que dejábamos atrás era un minuto menos del tiempo que me quedaba para estar con Alex. Cuando aparcó delante del bungaló, me acompañó hasta el camino de la entrada. Suspiró hondo al llegar.

—Gracias por esta noche —logré decir. Pero él no respondió. Solo me miró... me miró fijamente durante lo que pareció una eternidad, con su pecho moviéndose al ritmo de su respiración y la mandíbula en tensión—. Supongo que esto es una despedida.

—No digas eso, joder —siseó.

—¿Y qué quieres que diga?

«¿Por qué lo hacía todo más doloroso?»

—No tengo ni idea. —Se pasó una mano por el pelo—. ¿Quieres saber qué es lo único en lo que puedo pensar ahora? Solo en que sé que tu comida preferida es la hamburguesa con extra de queso, que seguramente seguirás teniendo la mesita de noche llena de novelas románticas, de velas aromatizadas que nunca encenderás y de esos caramelos de miel que te encantan. Y cuando pienso en un gesto tuyo, solo puedo ver tu boca. Joder, siempre tu boca. Esa manera que tienes de curvar el labio superior antes de sonreír y que me recuerda a un corazón. ¿No hay que estar perdidamente enamorado de alguien para pensar una cursilada semejante?

Me miró, respirando agitado. Yo quise que el mundo se parase, pero me obligué a tirar de la cuerda para que siguiese girando.

—No me hagas esto... —susurré.

—¿Eso es todo, Emma? ¿Ya está? —preguntó y yo parpadeé. Tenía la boca seca cuando asentí—. De acuerdo. Lo entiendo. Ahora sí.

Y tras dejar escapar el aire que había estado conteniendo hasta ese momento, dio media vuelta mientras se ponía el casco de la moto y se marchó. Me quedé ahí un buen rato, llorando en silencio, rememorando las palabras que acababa de decirme y el valor que no podía darles si no quería terminar de nuevo con el corazón roto, aunque, a aquellas alturas, empezaba a darme cuenta de que, cuando todo está hecho pedazos, ya no hay nada que romper.

28

(ANTES) BIENVENIDO A CASA, CEREZA

—¿Seguro que no queremos un gato?

—Seguro, Emma. Venga, decídete de una vez.

—Sí, sí. —Pegué la cara al cristal y observé a los roedores de diferentes colores que había dentro de la urna: blancos, marrones, canelas, negros...—. Todos son monísimos.

Alex se agachó para quedar a mi altura.

—Elígelo tú —dijo.

—¿Y si no acierto?

—Emma, es un hámster, no tienes que acertar nada. Seguro que habrá uno que te llame más la atención por lo que sea. —En ese momento me fijé en uno gordito que estaba un poco apartado del resto, hecho una bola—. Vamos, quedan cinco minutos para que cierren.

—Ese de ahí —dije señalándolo.

Un rato después, llegamos al apartamento. Saqué la jaula que habíamos comprado y metí un poco de algodón dentro de la casita de plástico de colores antes de coger la caja en la que estaba el hámster y abrirla. En cuanto lo puse tras los barrotes, empezó a olisquear todo lo que había a su alrededor con esa naricilla suya rosada que me hacía mucha gracia.

—Quiero achucharlo —admití.

—Es una rata. —Alex se rio.

—Una rata adorable. Y, por cierto, no hemos preguntado si es una chica o un chico. ¿Qué pasa si quiero que tenga familia en un futuro?

—No vamos a hacer eso. Con una rata es más que suficiente. —Alex abrió la bolsa de comida y metió una pipa entre los barrotes que el animal rápidamente cogió entre sus patas; eso lo hizo sonreír y buscar una segunda pipa—. ¿Cómo vamos a llamarlo?

—Yo quería llamarlo Barbie, pero ahora que no sé si es un chico o no, resultaría incómodo. Deberíamos volver mañana a la tienda para preguntarlo...

—Ponle un nombre unisex. Algo común.

—¿Común, como qué? —inquirí.

—No sé, como una cereza. O...

—¡Es genial! —Aplaudí animada—. ¡Cereza!

—Solo era una sugerencia, Emma, no algo literal...

Lo ignoré, metí un dedo entre los barrotes y le acaricié la cabeza.

—Bienvenido a casa, Cereza.

Alex soltó una carcajada antes de darme un beso.

29

NO PUEDO AGUANTAR MÁS

Los siguientes dos días se convirtieron en una tortura lenta y dolorosa. Me levantaba pensando en Alex, preguntándome cuántos pasos de distancia nos separarían. Puede que fuesen más de mil o puede que apenas se tratase de treinta y tres y estuviese a la vuelta de la esquina, mientras yo mataba las horas recordando todas y cada una de las palabras que me había dicho antes de desaparecer acelerando en la oscuridad de la noche.

Así que los últimos días de vacaciones se sucedieron entre desayunos con las chicas, que por suerte no volvieron a sacar el tema de Alex, y mañanas tumbadas en la playa bajo el sol de aquel verano que estaba siendo uno de los más difíciles y caóticos de mi vida. Cada vez que miraba el reloj del móvil restaba los minutos que me quedaban para regresar a Nueva York. Albergaba la esperanza de que, cuando pusiese un pie en mi antiguo apartamento, los recuerdos volviesen a su lugar, quedándose en algún baúl dentro de mi cabeza. Aunque, por las noches, me daba cuenta de que solo estaba engañándome a mí misma; porque cuando me metía en la cama y ya no había risas ni distracciones al lado de Hannah y Elisa, entonces... las dudas volvían con fuerza. Tanto, que una parte de mí todavía esperaba ver su nombre parpadeando en la pantalla del teléfono o volver a tener noticias suyas.

Pensaba cosas sin sentido todo el tiempo. Pensaba en que eso era lo correcto, seguir avanzando por esos caminos separados que habíamos elegido. Y un minuto después llegaba justo a la conclusión contraria, como que, al menos, debería haber disfrutado de él unas horas más o yo qué sé. Ese era el problema, que no sabía nada más allá de que habíamos roto un año atrás y de que en ese momento vivíamos en ciudades separadas. Eso por no hablar de que nuestra relación se asentaba sobre una base poco sólida, llena de problemas que no habíamos solucionado a tiempo, de reproches y errores, de rencores y silencios.

Y, a pesar de todo, me planteé en muchas ocasiones la idea de tirarlo todo por la borda, correr a los brazos de Alex y olvidarme durante unas horas del resto del mundo disfrutando de su compañía sin pensar en nada más. Total, después tendría todo el tiempo del mundo para recuperarme e intentar superar el dolor que me causaría perderlo por segunda vez.

Sin embargo, no sé muy bien cómo, resistí la tentación.

O, al menos, lo hice hasta el penúltimo día.

—Tengo que comprar una maleta —dijo Hannah—. Me llevo más cosas de las que traje. ¿Por qué me dejáis que siga comprando compulsivamente?

Elisa la miró sonriente con una percha en la mano.

—Si te lo impidiésemos, ahora no podrías comprar esa maleta. Mira el lado positivo.

—Cierto. —Hannah suspiró hondo—. Bueno, ¿quién quiere acompañarme?

Dejé la revista que estaba leyendo sobre la mesita de la habitación, el único lugar que no estaba repleto de ropa tirada por todas partes, y me obligué a levantarme.

—Yo no puedo. Tengo que ir a devolver el coche de alquiler.

—De acuerdo, pues solo quedas tú, Elisa. Será mejor que nos demos prisa antes de que cierren las tiendas. No quiero tener que ir mañana a última hora.

Ignorando la conversación que mantenían mis amigas, comencé a vestirme con parsimonia. Me sentía triste y los movimientos de mi cuerpo, torpes y desganados, parecían estar en sincronía con mi estado de ánimo. Cualquier cosa me parecía un mundo: coger el vestido blanco que pensaba ponerme, quitarme el pijama, alzar los brazos, alisarme la zona de la falda, maquillarme y peinarme...

Cuando subí en el coche de alquiler tenía muy claro hacia dónde debía dirigirme. Sin embargo, como si mis manos y mi cabeza no llegasen a un acuerdo, conduje en dirección contraria, lejos del concesionario al que había que devolverlo. Avancé con la música a todo volumen mientras sonaba una canción de los años ochenta que hablaba de afrontar las cosas, de ser valiente, de alzar la voz y de un montón de cosas más que dejé de escuchar en cuanto aparqué delante de la casa de Alex. La miré, todavía aferrando el volante y temblando. Pero ¿de verdad íbamos a terminar así? Enfadados, dolidos, sin decirnos adiós. Después de todo lo que habíamos vivido, de las idas y venidas, de nuestros más y nuestros menos, merecíamos una despedida. No podía marcharme sin más. No podía. Necesitaba poner el punto final de nuestra historia, decirle que lo único que deseaba era que fuese feliz y guardar ese último recuerdo y no la fría expresión que había cruzado su rostro la otra noche.

Tomé una bocanada de aire antes de llamar al timbre.

Cuando Alex abrió, se quedó allí quieto, mirándome en silencio. Siguiendo en su línea, no llevaba camiseta, así que tuve que hacer un gran esfuerzo para no desviar los ojos y mantenerme firme y serena. «Control mental», eso era.

Ante mi mutismo, se cruzó de brazos y suspiró.

—Supongo que vienes a despedirte. —Yo asentí con la cabeza y tragué saliva—. Vale, pues ya está, gracias por la visita. Espero que todo te vaya bien.

Antes de que Alex cerrase la puerta, interpuse un pie para impedírselo. Me relamí los labios, nerviosa, intentando encontrar las palabras adecuadas.

—De verdad que siento mucho que la otra noche las cosas terminasen así entre nosotros, pero no me lo pusiste nada fácil, Alex. Es que... es como meter el dedo en la herida una y otra vez. Y me duele. Me conoces. Sabes lo mucho que me cuesta no obsesionarme y olvidar y no darle vueltas a todo. Y tú... tú no sé cómo consigues afrontar esta situación tan bien, pero está claro que sentimos las cosas de una manera diferente y...

—¿De verdad crees que todo esto para mí es sencillo? ¿Tengo pinta de estar pasándomelo en grande? Joder, Emma. No me lo puedo creer...

225

—No me refería a eso. Ni siquiera sé qué decir.

—Supongo que «adiós» sería más que suficiente.

Cogí aire, con el corazón en un puño. Así no era como había imaginado que sería la despedida. Tenía la sensación de que, llegados a ese punto, nada de lo que hiciese o dijese iba a estar bien. Lo miré, temblando, deseando abrazarlo.

—¿Podemos dar un paseo por la playa? No quiero que las cosas terminen así.

—Bueno... —Alex alzó la vista hacia el cielo, que ya no era del color azul de sus ojos, sino de un tono grisáceo—. No te preocupes por eso, porque las cosas entre nosotros terminaron hace ya mucho tiempo. Espera aquí. Me pondré una camiseta.

Dejó la puerta entreabierta mientras desaparecía en el interior de aquella preciosa casa que ahora llamaba hogar. Cuando volvió a salir un minuto después, ya había logrado reprimir las ganas de llorar. Empezó a caminar hacia la playa, atravesando el paseo, sin decir nada. Al internarnos en la arena, me quité los zapatos y anduve descalza a su lado. Pensé que cualquier otro día hubiésemos podido ver el atardecer. Habría sido una despedida cálida y agradable, incluso estando callados, porque me bastaba con tenerlo cerca y saber que respirábamos el mismo aire, que mirábamos el mismo mar y que sentíamos la misma brisa.

Pero aquel día el cielo era de color gris oscuro.

Observé en silencio cómo el viento sacudía la camiseta azul que llevaba puesta y revolvía su cabello mientras él se acercaba hasta la orilla, también descalzo, y dejaba que el agua le bañase los pies. Me senté en la arena, con las piernas extendidas, aprovechando que me daba la espalda para poder mirarlo sin remordimientos. Quise grabar para siempre aquella escena en mi retina, quizá para poder recordarla una y mil veces.

El momento se rompió cuando Alex se cansó de contemplar la espuma que las olas dejaban en la arena y se giró hacia mí, con las manos metidas en los bolsillos de su pantalón vaquero corto. Todavía en silencio, caminó despacio hasta donde me encontraba y se sentó a mi lado. Me estremecí cuando su rodilla rozó mi pierna sin querer antes de que se apartase rápidamente, como si el contacto hubiese producido un chispazo inesperado.

Un trueno retumbó en lo alto del cielo en ese instante.

Tomé aire mientras una tensión creciente nos envolvía.

—Voy a echarte de menos —susurré. Tenía un nudo en la garganta—. Lamento todo lo que pasó entre nosotros. Y siento haberme comportado como una idiota el setenta por ciento del tiempo, no sé en qué estaría pensando. Viendo las cosas en perspectiva, me doy cuenta de que siempre estábamos discutiendo por tonterías. Eran... eran cosas tan estúpidas que ni siquiera las recuerdo; no sé por qué a la Emma del pasado le parecían tan importantes. Es evidente que no lo eran. Y también está claro que Hilda no es una psicóloga tan terrible porque, de no ser por ella, no estaría disculpándome ahora mismo.

Alex permaneció tanto tiempo callado que temí que no fuese a dirigirme la palabra nunca más. Tras lo que pareció una eternidad, apartó la mirada del mar y la posó en mí.

—No tienes que disculparte. Yo también me equivoqué mil veces, pero supongo que al final son esos errores los que nos hacen ser quienes somos. En el fondo, siempre me gustó la Emma dramática e intensa porque, ¿sabes qué?, no solo eras así en los malos momentos, sino también en los buenos, y cuando eso ocurría, todo era jodidamente increíble.

¿Probabilidades de morir a causa de que mi corazón se parase de un momento a otro? Muchas. No, muchísimas. ¿Notaría Alex que había empezado a temblar?

Mis pensamientos se quedaron en el aire cuando un segundo trueno retumbó sobre nosotros. Bajé la mirada hasta contemplar nuestras manos, las dos sobre la arena blanquecina, apenas a unos centímetros de distancia. Si movía tan solo un poco el dedo índice, en menos de un segundo estaría tocando su piel. Estaba a punto de hacerlo cuando empezó a llover estrepitosamente. No era una llovizna suave. Era una lluvia furiosa.

Enormes gotas de agua comenzaron a caer del cielo, empapándonos en menos de medio minuto, el tiempo exacto que tardamos en levantarnos a toda prisa y correr hacia el paseo marítimo. Alex emitió una profunda carcajada cuando descubrió que intentaba cubrirme el pelo, colocando los brazos sobre mi cabeza (eh, me lo había planchado esa mañana), y me cogió de la mano, tirando de mí para avanzar más rápido, arrastrándome a su paso.

La arena de la playa se convirtió en una especie de barro apelmazado, pero logramos salir de allí. Me estremecí cuando otro trueno explotó en la cúpula del cielo justo cuando Alex introducía la llave en la cerradura y abría la puerta de su casa.

—Quédate aquí hasta que pase la tormenta.

Se sacudió y despeinó el cabello con la mano. Después dejó las llaves en la repisa de la entrada y caminó hacia la cocina, esquivando las tres tablas de surf apoyadas en la pared del comedor. Lo seguí en silencio, tiritando ante el repentino cambio de temperatura.

—¿Quieres tomar algo? Hay café hecho.

—Vale, sí —contesté nerviosa.

Suspiré, contemplando la ventana. Las gotas de lluvia chocaban con violencia contra el cristal, deslizándose después, dejando a su paso un reguero de agua antes de desaparecer. La melodía de la tormenta se escuchaba desde cualquier rincón de la casa, golpeando el techo, las paredes, todo... como si el cielo estuviese enfadado.

Aparté la vista de la ventana al notar de repente la extraña calma que se respiraba en la cocina. Alex no preparaba el café, tan solo estaba quieto en medio de la estancia, mirándome fijamente. Sus ojos se pasearon voraces por mi cuerpo.

Fue entonces cuando me di cuenta de que llevaba un vestido blanco, totalmente empapado, que se transparentaba entero. Alex dio un paso al frente. Y luego otro más. Y otro. Tenía los ojos oscurecidos, de un azul peligroso e intenso, y esa expresión felina en su rostro que tan bien conocía, la del deseo, el anhelo.

Abrí la boca dispuesta a decir algo por irrelevante que fuese, pero antes de que pudiese pensar una sola palabra, él recorrió la escasa distancia que nos separaba y apoyó ambas manos sobre la repisa de la cocina, rodeándome. Inclinó la cabeza para poder mirarme a los ojos antes de decir:

—No puedo aguantar más. No puedo.

Y un segundo después, su boca estaba sobre la mía. Jadeé sorprendida cuando presionó su cuerpo contra el mío y lo sentí excitado y ansioso. Paseó su lengua por mi labio inferior, apresándolo después entre sus dientes y mordiéndolo con suavidad mientras sus manos comenzaban a bajar por mis piernas tras presionarme el trasero con fuerza. Estaba dividida entre el calor que nos envolvía y el frío de la ropa empapada, entre mi deber de apartarlo cuanto antes y la realidad irrefutable de que no había nada que desease más en el mundo que seguir besándolo eternamente...

—No tiene sentido que sigamos resistiéndonos —susurró al tiempo que deslizaba una mano entre mis piernas—. Emma, sabes que te quiero. Sabes que estamos hechos el uno para el otro. Hay cosas que están destinadas a ser. Como tú y yo, como mis dedos dentro de ti, como esto que está a punto de pasar...

El corazón me martilleaba furiosamente en el pecho. Mi cerebro se desconectó; ya no podía (ni quería) pensar en nada. Rodeé su cintura con las piernas cuando él asió la mía, me levantó y me tumbó sobre la pequeña mesa de madera de la cocina. Mientras intentaba desabrochar el botón de sus vaqueros, escuché el ruido de un plato rompiéndose en mil pedazos. No me importó. Podría haber lanzado toda su vajilla por los aires en ese mismo instante y mc habría dado absolutamente igual.

Mis dedos parecían de gelatina y no conseguía dominar ese dichoso botón; al final, Alex se despojó él mismo de los vaqueros y me quitó el vestido por la cabeza, tirando también al suelo el único vaso que quedaba sobre la mesa. Creo que jamás habíamos estado tan ansiosos. Tan ciegos de deseo. Apresé su miembro con la mano y él se inclinó, escondiendo su rostro en mi cuello, mordiendo y besando cada centímetro de piel que sus labios encontraban.

—Mírame, Emma.

Me obligué a hacerlo. Y solo cuando nuestros ojos se encontraron, Alex se hundió en mí de golpe. Gemí al sentirlo así. En mí. Todo él. Y luego comenzó a moverse, primero lentamente y después más rápido, más profundo, más ansioso... hasta que sentí que estaba a punto de estallar y me abracé a él con fuerza mientras un sofocante placer me atravesaba. Levanté las caderas, como si buscase sentirlo aún más durante las últimas sacudidas de aquel orgasmo, y Alex terminó emitiendo un gruñido ronco.

No sé cuánto tiempo estuvimos allí, sobre la mesa de la cocina y respirando a trompicones. La lluvia continuaba escuchándose a lo lejos, recordándome que, pese a todo, el mundo todavía existía más allá de esas cuatro paredes.

Aquello había ocurrido tan rápido...

Alex se incorporó un poco y acunó mi mejilla con delicadeza. Sonrió, una de sus sonrisas perezosas después de hacer el amor, y paseó sus dedos por mis labios.

—Quédate a dormir. No quiero que te vayas —susurró.

Sus manos descendieron por mi estómago, trazando cálidos círculos sobre mi piel. Y sé, sé que, si hubiese sido cualquier otra persona, en aquel momento, tras la excitación inicial, me habría tapado a toda velocidad, impidiendo que pudiese ver mi cuerpo así, tan íntimo, tan... expuesto. Pero era Alex. Una parte de mí, que luchaba fervientemente contra todas mis inseguridades, deseaba que él me tocase de aquel modo, mirándome fijamente. Y por primera vez en mucho tiempo, me sentí atractiva a su lado. No tenía prisa por vestirme.

Y fue una buena decisión porque, cinco minutos

después, volvimos a hacer el amor, en esa ocasión en la cama de su habitación. Yo habría estado encantada de repetirlo en todas las estancias de la casa, a modo de visita turística, pero me temblaban las piernas y me sentía tan abrumada que, cuando nos desplomamos sobre el colchón, fui incapaz de volver a moverme.

Alex se levantó para cerrar la ventana antes de regresar a mi lado y estrecharme entre sus brazos. Apoyé la cabeza sobre su pecho desnudo, sin dejar de acariciar con los dedos el contorno de su ombligo y el escaso vello que crecía en la parte baja de su abdomen. Él suspiró hondo, con la mirada clavada en el techo, y después me dio un beso en la frente.

—¿En qué estás pensando? —preguntó en voz baja.

Pensaba en lo débil que era, en que aquello no había sido la despedida imaginada, en que tardaría una década en recuperarme tras lo que acababa de ocurrir y, muy a mi pesar, en lo mucho que lo quería y en que, de algún modo, no me arrepentía de estar en esa cama. Estaba segura de que, si regresase atrás en el tiempo, volvería a caer una y otra vez.

—Pensaba... —titubeé—. Pensaba en lo bonito que es el color de la habitación, ¿dónde compraste la pintura? —Miré las paredes, que eran de un ligero tono azul.

Alex se echó a reír.

—Qué profundo. ¿Quieres saber en qué pienso yo?

—No estoy segura... —dudé.

—De acuerdo. Tú te lo pierdes.

Permanecimos un minuto en silencio. Y, por supuesto, no dejé de darle vueltas. ¿En qué estaría pensando? Odiaba que hiciese eso, que me tentase haciéndose el interesante para después quedarme con la duda. Porque no quería saberlo, pero... sí, sí que quería saberlo.

—Dímelo, Alex.

—No —ronroneó.

—¡Por favor! —supliqué.

—Pensaba en lo suaves que son estas sábanas, ¿no lo notas? Son de microfibra. Las compré en una tienda llamada Firdho —se burló, vengándose por mi anterior comentario.

Le palmeé el abdomen a modo de advertencia. Él sonrió, juguetón como de costumbre, como solía ser cuando estaba relajado y feliz. Después, cuando entrelazó sus piernas con las mías, se dio la vuelta, colocándose sobre mí. Con el dorso de la mano, me apartó el cabello de la cara y depositó un beso en mis labios; fue suave y dulce.

—Tú piensas en la pintura de las paredes. Yo pienso en las sábanas... —La calidez de su aliento me hizo estremecer—. Tú mientes. Y yo también miento. Pero como creo que en el fondo los dos estamos pensando en lo mismo, lo dejaré pasar. Me gusta que seas una mentirosilla.

—¿Y qué se supone que pensamos los dos? —pregunté, a pesar de que ya lo sabía.

—En lo perfecto que es que estemos juntos, aquí y ahora.

«"Ahora", no "mañana"», me recordé a mí misma.

Tragué saliva y me esforcé por corresponder su sonrisa, antes de que nuestros labios se fundiesen de nuevo, como si buscásemos recuperar todo el tiempo perdido, todos esos besos al amanecer o en medio de la rutina que no nos habíamos dado durante el último año. Y fue mágico, arrollador, sin necesidad de nada más; tan solo besándonos, besándonos sin parar.

Siempre he creído que existe una técnica muy sencilla a la hora de poder descubrir si la persona que está a tu lado es de verdad tu media naranja. El truco está en el tiempo. Lo sabes cuando, al estar con él, los días se transforman en horas, las horas en minutos y los minutos en segundos. Aunque sea científicamente imposible, el tiempo avanza a una velocidad diferente que cuando estás con otras personas. Todo pasa más rápido y no importa de cuánto dispongas, porque nunca parece suficiente, jamás llegas a sentirte satisfecho del todo, siempre necesitas un poquito más y no estás dispuesto a conformarte.

Las tres horas que estuvimos hablando, riendo, haciéndonos cosquillas, besándonos o bailando sobre la cama en un momento de locura transitoria se me antojaron apenas como veinte míseros minutos; pero el reloj que había en la mesita de noche me recordó que el resto del mundo seguía ahí, avanzando a tiempo real.

No sé cuándo ocurrió exactamente, porque me sentía desorientada y abrumada por todo, pero en cierto momento su respiración se volvió más regular y no tardé mucho en darme cuenta de que se había quedado dormido. Me recreé contemplándolo en silencio.

—Te quiero, Alex —dije muy muy bajito.

Sus manos se movieron, rodeándome la cintura, y temí que hubiese escuchado mi confesión. No es que no quisiese que supiera lo que sentía por él, dado que era bastante obvio, pero tampoco servía para solucionar la situación en la que nos encontrábamos. Era como quitarle la costra a una herida una vez tras otra, impidiendo así que sanase jamás.

Cogí mucho aire de golpe, nerviosa, pero por suerte Alex no volvió a moverse. Siempre había tenido un sueño profundo. En ocasiones me era literalmente imposible despertarlo por las mañanas. No importaba cuántas veces sonase la alarma, para él tan solo era una agradable melodía que le inducía al sueño.

Acomodé mejor la cabeza en su pecho, como tantas otras noches había hecho, y escuché el rítmico latido de su corazón hasta quedarme dormida.

Desperté desorientada, preguntándome dónde estaba y si los sucesos de la noche anterior eran tan solo un sueño. Pero descubrí que no en cuanto noté los brazos que me apresaban con firmeza y miré a Alex en medio de la penumbra, ya que aún estaba amaneciendo.

Todavía dormía. Su pecho subía y bajaba al compás de su pausada respiración. Un mechón de cabello caía por su frente y me contuve para no apartárselo con los dedos.

Me hubiese quedado allí eternamente, mirándolo en silencio, pero entonces recordé que mi vuelo salía esa misma tarde, a las cinco. De modo que, intentando en vano no llorar, conseguí desenredar su cuerpo del mío sin que él llegase a despertarse. Aparté las sábanas blancas a un lado y, muy a mi pesar, me levanté de la cama.

Nos encontrábamos en un punto muerto. Él en California. Yo a un paso de regresar a Nueva York. Había estado bien fingir durante una noche que todo era como siempre, como si jamás hubiésemos roto y ese año separados no existiese, pero la realidad era muy distinta. Durante ese tiempo, ambos habíamos recorrido caminos separados y no parecía que estos fuesen a encontrar una bifurcación en la que unirse de nuevo.

Ya estaba vestida cuando volví a mirarlo, dudando de si debía despertarlo. Sacudí la cabeza, enjugándome una lágrima con el dorso de la mano, desechando la idea.

No era capaz de despedirme de Alex. De pronunciar en voz alta un «hasta nunca».

Quizá por eso él había hecho lo mismo antes de marcharse un año atrás. La idea de decirle adiós resultaba tan dolorosa que pensar en ello me ahogaba. Era mucho más sencillo irse sin pronunciar ni una sola palabra, sin dejar una nota, sin mirar atrás. Y así, probablemente, podríamos seguir fingiendo que nada había ocurrido, que nunca habíamos vuelto a encontrarnos, que nos habíamos olvidado el uno del otro, que en el fondo no nos seguíamos queriendo...

Parecía una táctica infalible.

Lástima que no funcionase al cien por cien, dado que era incapaz de dejar de llorar.

Evitando mirarlo una última vez, salí de la habitación caminando de puntillas. Avancé a tientas por el pasillo de la planta superior y, cuando casi estaba a punto de bajar la escalera y huir como una cobarde, mis ojos se detuvieron en la estancia de enfrente. El trastero. Una cadena de palabras recorrió mi mente.

Regalo, *rojo*, *lazo*, *muy brillante*, *secreto*.

Me dije a mí misma que entraría tan solo para coger mis pertenencias. Parecía lógico. Ya que iba a marcharme en apenas unas horas, debía recuperar las cosas que Alex se había llevado por error.

Sin embargo, en cuanto encendí la tenue luz de la pequeña habitación, mis ojos se posaron en el regalo que descansaba sobre la estantería. Y juro (lo digo de corazón) que fue como si una fuerza sobrehumana me lanzase hacia el misterioso objeto. A pesar de que lo siguiente que ocurrió fue contra mi voluntad (no era mi intención, de verdad), suponía que, después de lo que había ocurrido entre nosotros esa noche, tenía ciertos derechos sobre su intimidad. (No, no era cierto, pero quise convencerme de lo contrario.)

Cogí el regalo y me senté sobre el frío suelo con las piernas al estilo indio. Comencé a desenvolverlo lentamente, intentando quitar el celo con las uñas para no romper el precioso papel. Tenía la firme intención de dejarlo tal como estaba, sin que Alex notase nada. Lo único que necesitaba era descubrir qué escondía, y así podría al fin saciar esa insana curiosidad que me convertía en una mujer terrible.

Dejé a un lado el envoltorio rojo y miré algo desilusionada el cuaderno que sostenía entre las manos. No sé qué había esperado encontrar, pero fuese lo que fuese distaba mucho de esa especie de libro marrón, de aspecto acartonado.

Abrí la primera página y lo que vi me dejó sin aliento.

Era un álbum de fotografías casero, repleto de instantáneas en las que salíamos Alex y yo, sonrientes. Las primeras correspondían a cuando éramos pequeños, y en muchas de ellas aparecía mi hermano mayor. Después las imágenes eran todas de los cuatro años que habíamos sido pareja. Junto a la mayoría de las fotografías, Alex había escrito comentarios con rotulador negro, podía reconocer perfectamente su letra irregular.

Con un nudo en el estómago, fui pasando las páginas del álbum. Hubo fotografías que me hicieron llorar, por nostalgia o melancolía, pero con otras terminé riendo a carcajadas, porque eran tan cómicas como los ingeniosos comentarios que Alex había escrito.

Tan solo hubo una fotografía que me hizo fruncir el ceño. La última de todas. Estaba sola en la página, en el centro, a pesar de que sobraba espacio arriba y abajo para colocar otras más. En ella se distinguía perfectamente una idílica casa, pintada de blanco, con las ventanas azules, frente al paseo de la playa... Era exactamente la casa en la que me encontraba en ese mismo instante. La nueva casa de Alex.

No entendí qué hacía esa fotografía al final de un álbum dedicado a ambos cuando eso formaba parte de su nueva vida, hasta que leí el comentario que había escrito a un lado:

«Ahora que ya somos marido y mujer y que tengo la obligación de cuidarte en la salud, en la enfermedad, en la riqueza, en la pobreza, en los días en los que estés insoportable y un eterno etcétera, ¿qué opinas de tomarnos unas vacaciones en nuestra nueva residencia, señora Harton? Espero que la respuesta siga siendo un sí. Te quiero, Emma.»

Comencé a hiperventilar, llevándome una mano al pecho.

Escuché un crujido a mi espalda, pero no tuve tiempo de envolver otra vez el regalo y dejarlo sobre la estantería, porque Alex ya estaba allí, en la puerta del trastero, mirándome en silencio. Lo escuché suspirar hondo.

—Esto... es muy propio de ti, supongo —musitó.

Me levanté de un salto, dejando en el suelo el álbum de fotografías y sujetando con fuerza el asa del bolso. La idea de salir corriendo era tentadora, pero Alex se interponía en mi camino, apoyado en el marco de la puerta.

—Lo siento —dije avergonzada—. Tan solo quería...

—Averiguar qué había en esa caja. Eso lo sé, Emma. Lo has dejado bastante claro.

Nos miramos en silencio. Me mordí el labio inferior.

—De modo que, en principio, esta casa... —Miré a mi alrededor y fijé la vista en el techo, porque parecía mucho más sencillo que enfrentarme a la intensa mirada de Alex—. Esta casa iba a ser nuestra. La compraste cuando todavía estábamos juntos.

Alex se frotó la incipiente barba.

—Iba a ser una especie de regalo de bodas, sí —admitió.

No me había dado cuenta de que tenía la mirada borrosa. Las lágrimas rodaban por mis mejillas, pero no me molesté en apartarlas y fingir que no estaba llorando.

Alex dio un paso al frente, con toda esa seguridad de la que yo carecía; alzó las manos tras respirar profundamente y deslizó los pulgares por mis pómulos, limpiando las lágrimas que todavía caían, silenciosas. Me sostuvo la mirada durante un largo minuto y, a continuación, su voz ronca pareció retumbar en las paredes de la minúscula habitación.

—Puedo volver a Nueva York —dijo.

Parpadeé sorprendida, asimilándolo.

—Alex, tú tienes aquí la empresa; por fin has logrado encontrar algo que te gusta de verdad, algo que te hace feliz y que no quieres dejar. Yo nunca podría...

—Si ahora me pidieses que dejase atrás todo esto, lo haría —me interrumpió, y no había ningún atisbo de duda en su voz—. Si crees que nos merecemos una segunda oportunidad, si todavía me quieres..., necesito saberlo. Porque nada de lo que he conseguido aquí importa de verdad si tú no estás. Es solo un trabajo, Emma. Y tú... tú eres todo mi mundo. —Acunó mi rostro entre sus manos—. Lo único que tienes que hacer es decírmelo. Volveré a Nueva York. Y retomaremos la vida que teníamos.

Fue como si dos partes opuestas de mí chocasen entre ellas furiosamente. Algo se removió en mi estómago, una especie de tirón que provocó que me temblasen las piernas.

El demonio interior que tantas veces me acompañaba se apoderó de mí, envolviéndome con todas esas promesas que quería ver cumplidas. El hecho de que mi vida pudiese volver a ser lo que era y teniendo a Alex a mi lado era más de lo que jamás hubiese podido imaginar. Deseaba pronunciar la palabra *sí*. En el fondo, mi lado más egoísta quería retenerlo, aun poniendo su felicidad en riesgo.

Pero el ángel que en ocasiones me visitaba (muy de vez en cuando, si he de ser sincera) no era capaz de permitir que él hiciese algo así. ¿Abandonar el trabajo de sus sueños? ¿Dejar atrás aquel lugar en el que siempre había querido vivir? No parecía justo que Alex se desprendiese de todo por mí.

Muriéndome por dentro, negué lentamente con la cabeza, con la esperanza de que aquel gesto fuese suficiente para él, porque no era capaz de responder en voz alta.

—Emma... —rogó con un susurro ronco.

—No puedo. Tienes una nueva vida.

—Ni siquiera deberías llamarla «vida» si tú no estás en ella.

—Alex, las cosas son demasiado complicadas ahora mismo. Todo ha cambiado. Incluso nosotros. Todo, absolutamente todo.

Él apartó las manos de mi rostro y dio un paso atrás.

—Lo único que necesito saber es si todavía me quieres.

El corazón me martilleaba con fuerza en el pecho.

Intenté recordar el asunto del pestañeo a la hora de mentir, ¿tenía que pestañear o debía no hacerlo? Cogí mucho aire de golpe mientras me esforzaba por parpadear con absoluta normalidad. Tragué saliva.

—No como lo hacía antes. Lo siento.

Las palabras sonaron tan falsas...

Alex respiró hondo y, por primera vez en mucho tiempo, apartó sus ojos de mí, incapaz de sostenerme la mirada. Una extraña desolación me envolvió y durante unos minutos fue como si no sintiese nada, como si fuese un cascarón vacío. Pero era lo mejor. Claro que lo era.

Los largos dedos de Alex repiquetearon en la madera de la pared, rompiendo el silencio que se adueñaba de la estancia. Al final alzó la cabeza para mirarme. Y vi tanto dolor tras su perfecta máscara de seguridad, que estuve a punto de correr hacia él y abrazarlo, tirando por tierra todos mis propósitos anteriores.

Nunca lo había visto tan expuesto.

—Espero que seas feliz, Emma —murmuró tras lo que pareció una eternidad. Lo dijo tan bajito que me pregunté si realmente lo había oído.

—Lo mismo digo, Alex.

Tenía la boca completamente seca. Me di la vuelta y comencé a bajar las escaleras a trompicones. Cada escalón que me alejaba de Alex parecía un kilómetro. Y cada kilómetro, un inmenso océano que nos separaría para siempre.

Sabía que no habría una tercera oportunidad.

¿Cuántas probabilidades había de que volviésemos a encontrarnos otra vez?

Ninguna.

Me tropecé al abrir la puerta y salí al fin al exterior, agradeciendo el viento que soplaba. Retrocedí varios pasos, sin poder dejar de mirar la casa de Alex. Ahora era todavía más doloroso, después de saber que la había comprado para que la disfrutásemos juntos. Invertí las pocas fuerzas que me quedaban en subir a ese coche de alquiler que aún no había devuelto y en girar la llave dentro del contacto para arrancar el motor. Me aferré al volante, que de pronto parecía lo único seguro, firme bajo mis manos, y pisé el pedal del acelerador.

30

(ANTES) ¿VES ESAS ESTRELLAS DE AHÍ? SOMOS NOSOTROS

Estábamos discutiendo porque la semana anterior le había preguntado a Alex si había pagado la factura de la luz y él había respondido que sí. Siete días después, alguien le había hecho una lobotomía completa y no recordaba que hubiésemos mantenido nunca esa conversación. Con la toalla aún enrollada alrededor de la cintura, dejé el desodorante dentro del mueble del baño y lo seguí cuando intentó escabullirse saliendo a toda prisa de allí.

—¡No me dejes con la palabra en la boca!

—¿«Palabra»? Querrás decir «monólogo».

—Mira, una gracia, perfecta para este momento.

—Llevas hablando veinte minutos sin parar. Perdón, «hablando» no, discutiendo sola delante del espejo del baño. Es como tener un puto taladro en la cabeza, blablablá, no has hecho esto, blablablá, no has hecho aquello. Si lo que quieres es que intente cortarme las venas con el rayador de queso para dejar de escucharte, dímelo directamente.

—Ah, la segunda gracia del día, qué bien. Un aplauso.

Me di la vuelta y me metí en la habitación dando un portazo. Estaba enfadada y no soportaba esa expresión suya tan orgullosa que le cruzaba el rostro cada vez que terminábamos así. Ni siquiera recordaba por qué habíamos empezado a discutir, pero daba igual, abrí de un tirón el cajón de la ropa interior y me puse unas braguitas y una camiseta de manga corta que usaba como pijama. Tenía el estómago hinchado porque esa tarde habíamos salido a dar una vuelta y nos habíamos comido un perrito caliente poco antes de llegar a casa.

Estaba a punto de meterme en la cama cuando Alex abrió la puerta. Llevaba una botella de vino en la mano. Su mirada me atravesó y yo me estremecí en respuesta.

—¿Quieres subir a la terraza un rato?

—Espera que me ponga un pantalón.

No me hice de rogar antes de hacerlo y lanzarme a sus brazos para abrazarlo y decirle que lo sentía, incluso aunque no sabía muy bien por qué, pero precisamente por eso, porque si me costaba recordarlo no era realmente importante. Alex se rio con suavidad mientras abríamos la puerta de la terraza comunitaria del apartamento, esa que casi nadie más usaba, y nos sentábamos en el desgastado sofá que alguien había colocado allí.

—Odio discutir contigo. Y lo hacemos todo el tiempo —dije.

—Pero siempre terminamos solucionándolo, ¿no? Eso es lo que importa.

—¿Y si algún día no lo hacemos, Alex? ¿Y si no siempre lo conseguimos?

Él dejó la botella de vino a un lado y me sujetó la barbilla con los dedos para obligarme a mirarlo a los ojos. Era evidente que la pregunta lo había inquietado, pero, curiosamente, no hubo duda en su voz cuando respondió en susurros:

—Nunca, Emma, nunca. Nosotros no seremos una de esas parejas que se rinden a las primeras de cambio. Nosotros seremos siempre esa oportunidad de más que la vida le pone a uno por delante y decide cogerla sin dudar.

Me estremecí cuando me dio un beso.

—Prométemelo —pedí.

—Te lo prometo, Emma.

Quise decirle que tenía razón, que nosotros lucharíamos por conservar lo nuestro, por difícil que fuese; porque un buen momento al lado de Alex era mejor que mil momentos al lado de cualquier otra persona; porque al mirarlo solo era capaz de ver la palabra *amor* entre toneladas de confeti; porque quererlo era demasiado fácil; porque teníamos toda la vida por delante para aprender a entendernos más, a darnos lo mejor de nosotros mismos...

Alex me abrazó por la espalda, sentado en ese viejo sofá de color verde musgo en lo alto de una azotea de Nueva York. Alzó la mirada y señaló el cielo oscuro.

—¿Ves esas estrellas de ahí? Somos nosotros.

—¿Por qué? —Me relajé contra su cuerpo.

—Porque son pequeñas, pero están juntas.

—¿Y qué tiene que ver eso con nosotros?

—Shh, déjame terminar. —Me reí y él me dio un

beso en el hombro—. Si estuviesen separadas, apenas se verían de lo diminutas que son. Pero juntas, tan pegadas..., brillan más, mucho más. ¿Lo entiendes ahora? Tú y yo, cuando estamos cerca, somos mejores.

—Me encanta ser una estrella contigo...

Sonreí y quise memorizar ese momento, esa promesa.

31

UNA LOCA ENAMORADA

Conduje por la carretera que bordeaba la costa. En la radio sonaba una recopilación de baladas románticas, en concreto, *Unchained Melody*, así que terminé apagándola de un manotazo y solté un sollozo ahogado. El repentino silencio me puso nerviosa y terminé parando en la cuneta. Apoyé la cabeza en el volante y me concentré en respirar. Eso era todo lo que debía hacer. Inspirar, espirar. Inspirar, espirar...

Le había dicho que no lo quería, cuando lo único que deseaba en esos momentos era dar media vuelta, correr hacia él y abrazarlo para no volver a soltarlo jamás.

Me incliné a un lado, cogí un pañuelo del bolso y me soné la nariz. Suspiré hondo, en silencio, durante unos eternos minutos. Cuando logré calmarme, me incorporé nuevamente a la carretera y, sin pensarlo demasiado, me dirigí hacia la consulta de Hilda. No tenía claro por qué, pero me convencí de que lo único que quería era despedirme de esa estrafalaria mujer, puesto que de un modo u otro al final había logrado hacerme ver los errores que cometí y que nunca antes quise atribuirme; los dos habíamos terminado abriéndonos y diciéndonos en voz alta esos miedos que no nos habíamos atrevido a confesarnos antes. Así que, claro, quería darle las gracias, sí, decirle que era *the best in the world* y esas cosas.

Sin embargo, cuando me abrió la puerta, solo dije:

—Nos hemos acostado.

Hilda abrió los ojos, sorprendida, y luego sonrió cálidamente, como si aquello fuese una buena noticia que llevase siglos esperando escuchar.

—Entra, querida —dijo tras hacerse a un lado—. Vayamos a la cocina, estoy preparando un pastel de manzana. No te preocupes, esta sesión corre de mi cuenta.

—Eh, bueno, gracias. —Fruncí el ceño, un poco confundida por su inesperada amabilidad—. Pero en realidad no venía para hacer una última sesión, aunque sé que lo ha parecido por lo que acabo de decir. Tan solo quería despedirme, me marcho en unas horas.

Hilda me ignoró. La seguí por el largo pasillo hasta llegar a la iluminada cocina. Nunca había estado en esa parte de la casa. Era de madera, acogedora, con los armarios de color blanco. Casi me sorprendió el hecho de encontrar dos sillas al lado de una pequeña mesa. Frente a la zona donde estaban los electrodomésticos, había una ventana abierta con una jardinera que contenía varias plantas aromáticas, verdes y brillantes. No estaba muy puesta en el tema de la jardinería, pero pude distinguir el aroma que desprendía la albahaca.

—Bonita cocina —admití tras acomodarme en una silla.

Hilda me dio las gracias, luego cogió una manzana y comenzó a pelarla con delicadeza. Manejaba el cuchillo de maravilla. ¡Cuánta energía de buena mañana!

—Así que Alex y tú habéis avanzado mucho durante las últimas horas.

—No sé si al hecho de mantener sexo se le puede calificar de tal modo.

—Bueno, suele ser la manera en la que dos personas expresan lo que sienten. De modo que sí, lo considero un avance teniendo en cuenta que los dos habéis admitido que todavía os seguís queriendo.

Negué con la cabeza, con la vista fija en el suelo de madera.

—No importa, vivo en la otra punta del país. —Alcé las manos en alto, enfadada conmigo misma—. Usted no lo entiende. Ahora es doblemente complicado. Todo... todo debería haber sido diferente. Después de ese desayuno del primer día por los viejos tiempos, no tendríamos que haber vuelto a vernos. Y entonces... no me sentiría así... creo. —Me llevé una mano al pecho, angustiada. Porque así era como me sentía. Angustiada, triste y rota.

Hilda se mantuvo en silencio. Cuando terminó de pelar la última manzana, se lavó las manos y se sentó frente a mí mientras se las secaba con un trapo de cocina.

—Emma, creo que estás a punto de cometer el peor error de tu vida. Verás, no debería contarte ciertas cosas, dado que el protocolo que sigo con mis pacientes me lo impide. Pero la situación lo requiere, así que haré una excepción y me saltaré el pacto de confidencialidad.

—¿Contarme qué? —pregunté arrugando el ceño.

—Conozco a Alex desde hace casi un año, en realidad incluso podría decirse que somos amigos. Cuando acudió a mi consulta por primera vez, apenas llevaba un mes viviendo en California. Estaba muy deprimido.

«Oh, Dios mío.» Ya entendía por qué Hilda parecía saber desde el principio toda nuestra vida. Por supuesto. Claro. Estaba al tanto de lo que había ocurrido con mi vestido de novia, de los acontecimientos de aquella noche... de todo. «Traición», ese era su apellido.

—¿Por qué me engañasteis? —pregunté alzando la voz.

—Alex me llamó a la mañana siguiente de que os encontraseis en aquel local y yo le sugerí que te invitase a desayunar. Creí que un acercamiento directo podría ser la solución a todos vuestros problemas. Lamentablemente no fue así, de modo que le pedí que consiguiese como fuera que pudiésemos comenzar una especie de terapia de pareja exprés.

Me levanté de la mesa con indignación.

—¿Terapia exprés? ¡Me ha estado estafando! Todo era una trampa. ¡Yo confié en usted!

—Emma, cálmate. Solo pretendía ayudar. No lo hicimos de forma malintencionada. Lo que realmente quiero que sepas, confesándote todo esto, es lo mucho que Alex te ha querido siempre. Jamás había visto a una persona tan enamorada. Él te acepta tal y como eres. Entiende que tienes defectos, que ambos los tenéis, pero a pesar de todo te sigue queriendo. Y creo que tú también a él.

Respiré a trompicones. Podría decir que me sentía engañada y enfadada, pero el único sentimiento que me azotó fue una tristeza profunda, porque me di cuenta de que Hilda tenía razón. Nos queríamos. Entonces, ¿por qué no podíamos estar juntos? A lo largo de mi vida había leído novelas románticas de todo tipo en las que los protagonistas tenían que solventar mil y un obstáculos por amor. Eran mis preferidas. Y ahora estaba a punto de dejar atrás a la persona que más quería en el mundo, sin luchar, sin intentarlo siquiera.

—Alex ha hecho todo lo posible por volver a estar contigo. En muchas ocasiones, durante el último año, estuvo a punto de regresar a Nueva York para buscarte. El hecho de que te presentases aquí, de pronto, fue casi como un... milagro. A veces, la vida nos envía señales que debemos tener en cuenta. Todo sería mucho más fácil si no fueseis ambos tan testarudos. No he conocido a dos personas más orgullosas en toda mi vida.

Ella agitó las manos en el aire. Yo temblé.

—No entiendo qué intenta decirme. ¿Pretende que mantengamos una relación a distancia a través de internet o algo así? ¡Apenas uso las redes sociales! ¡Usted no sabe lo complicado que es Facebook! Se ha actualizado mucho en los últimos años y...

—¿Te ha propuesto Alex regresar a Nueva York contigo? —me cortó.

Sentí un vuelco en el estómago al recordar la conversación que había mantenido con él apenas una hora atrás. Jamás olvidaría sus palabras. Probablemente, me las repetiría una vez tras otra durante el resto de mi vida, a modo de castigo emocional.

—¡No es una opción! Aunque no lo crea, quiero que Alex sea feliz.

Hilda puso los ojos en blanco mientras se levantaba de la silla.

—Pues no lo parece. ¿Ni siquiera se te ha pasado por la cabeza la idea de mudarte tú a California? Piénsalo, ¿qué es lo que tienes en Nueva York que no puedas tener aquí?

Me quedé callada. Vale, admito que quizá lo había pensado un par de veces, pero siempre terminaba desechando la idea e intentando encontrar algo que me entretuviese el tiempo suficiente como para olvidar que existía esa posibilidad. Porque, en esencia, lo que Hilda planteaba significaba tirar por la borda todo lo que tanto me había esforzado en conseguir. Y no era solo eso lo que más me aterraba en sí; lo que de verdad me daba un miedo de muerte era que, tras romper con mi actual vida, las cosas no funcionasen con Alex por segunda vez consecutiva. ¿Qué ocurriría si eso pasaba? Pues que no me quedaría nada, absolutamente nada. Al menos ahora podía aferrarme a mi trabajo; era lo único sólido que tenía.

—De-debería... irme ya —dije confundida—. Todavía no he hecho las maletas y tengo que devolver el coche de alquiler, así que... supongo que gracias por todo.

Hilda abrió la boca, dispuesta a seguir batallando, pero no le di la opción de continuar porque salí de allí a toda prisa, casi tropezando con los escalones del porche. Después, en la oficina de alquiler de vehículos, me desfogué con el dependiente de la tienda que quería cobrarme un extra por una supuesta rozadura imaginaria en la zona del maletero.

En cuanto entré en el bungaló, me lancé a los brazos de Elisa. Creo que en realidad no solo yo necesitaba ese abrazo, sino también ella. No dijo nada, no me presionó ni me preguntó dónde había pasado la noche, tan solo me sostuvo con fuerza y luego, para mi alivio, comenzó a organizar, planificar y estructurar el resto del día, empezando por poner orden en el apartamento, siguiendo por tener el equipaje listo y terminando por pedir un taxi para que nos llevase directas al aeropuerto. De modo que, cuando quise darme cuenta, faltaban dos horas para que el avión despegase y nuestras maletas (unas doscientas o así) estaban perfectamente alineadas delante de la puerta.

—El taxi se está retrasando —protestó Elisa—. Como pase un minuto más, le caerá una denuncia a la empresa. ¿Qué demonios se han creído? Menudos profesionales.

Hannah, sentada sobre el alféizar de la ventana, con la mirada fija en el exterior, se levantó cuando divisó el taxi que llegaba por el camino de la entrada.

—Ya está aquí —anunció.

Nos mantuvimos en silencio durante todo el recorrido. Pegué la cara al cristal, como si fuese una niña pequeña, y contemplé el mar que se dibujaba a mi derecha y del que cada vez nos alejábamos más y más, dejándolo atrás. Tenía un nudo en el estómago.

—Vamos, tenemos que darnos prisa —dijo Elisa en cuanto bajamos del coche y pagamos el importe—. ¡Venga, venga, venga! —gritó, como si un alto cargo del ejército acabase de poseerla y nosotras dos fuésemos todo lo que quedaba de su pelotón.

Odiaba los aeropuertos. No ya solo por el hecho de que temía sufrir un accidente aéreo, sino porque a pesar de todos los cartelitos y las flechitas de diversos colorines que indicaban la dirección que debía seguir, yo siempre terminaba haciéndome un lío y perdiéndome. Era una suerte que viajase con Elisa, que lo tenía todo bajo control, dado que Hannah tampoco parecía pillarle el punto al tema de las señales.

Tras caminar a toda velocidad por el pulido suelo del

aeropuerto, arrastrando las maletitas con ruedas, conseguimos encontrar nuestra cola. Todavía quedaban algunos pasajeros rezagados, pero la mayoría ya habían pasado a la zona de embarque. Cambié el peso del cuerpo de un pie al otro, nerviosa, incapaz de mantenerme quieta.

Por primera vez en mi vida, pensé que la cola iba demasiado rápida. ¿Qué prisa tenían esas azafatas a la hora de embarcar a sus clientes? Por favor, un poco de relax.

Cuando nos tocó el turno, tenía ganas de vomitar.

Respiré hondo, quedándome rezagada tras mis amigas hasta que no pude evitar enfrentarme a la azafata. La chica llevaba el largo cabello rubio recogido en una estirada y perfecta coleta. Me sonrió instantes antes de extender la mano sobre el mostrador y exigirme que le tendiese mi pasaporte.

Y vamos a ver, primera duda, ¿por qué tenía que darle mi pasaporte? No, no me parecía bien, nada bien. Era mío. Mi tesoro. Lo aplasté contra mi pecho.

—Por favor, señorita, necesito su pasaporte para que pueda embarcar —repitió ante mi mutismo y su amplia sonrisa comenzó a tambalearse.

Tanto Elisa como Hannah se mantenían en silencio, observándome con cautela como si fuese un artefacto explosivo a punto de estallar. Detrás de nosotras había otros tres pasajeros que esperaban su turno y, frente a mí, la azafata continuaba con la mano extendida. Manoseé con los dedos el pasaporte, indecisa. Ya no estaba tan segura de querer subir a ese avión. Mi mente sí parecía desear hacerlo, pero mi cuerpo se rebelaba contra esas órdenes y no era capaz de reaccionar. Las náuseas aumentaron.

—Emma... —Elisa me miró—. ¿Vas a subir a ese

avión? No quiero presionarte, pero tienes que tomar ya una decisión.

El ceño de la azafata se frunció y pequeñas arrugas surcaron su frente. Alcé un poco la mano en la que llevaba el pasaporte, temblando, y antes de que pudiese decidir qué hacer, la malévola azafata me lo arrebató sin previo aviso con sus largos dedos.

Abrí la boca, indignada, y me aferré al mostrador.

—¿Qué cree que está haciendo? —grité enfadada. Y sí, los clientes que esperaban en la cola me miraron como si fuese una loca peligrosa—. ¡Es mi pasaporte! ¡Devuélvamelo!

No sé qué pasó en ese momento o en qué demonios pensaba, pero una fuerza sobrehumana se apoderó de mí y me lancé sobre el mostrador. Ignoré el agudo dolor en las costillas y alargué las manos hasta conseguir arrebatarle mi pasaporte a la azafata, que, llegados a ese punto, estaba conmocionada. Cuando conseguí mi propósito, respiré hondo y me llevé la libretita al pecho, encantada de que volviese a estar en mis manos, a salvo.

—Seguridad, tenemos un cuatro-cuatro-cinco en la puerta de embarque número ocho —dijo de pronto la azafata de la coleta—. Repito, un cuatro-cuatro-cinco en la puerta ocho.

Pero ¿qué demonios...?

Miré aterrada a mis amigas mientras divisaba con el rabillo del ojo a los dos guardias de seguridad que se acercaban corriendo hacia mí como si fuesen a derribarme. Uno de ellos parecía un orangután y pensé que iba a morir allí mismo, pero antes de que pudieran alcanzarme, Elisa se interpuso en su camino, acortando mi campo de visión.

—Soy su abogada —dijo en un tono frío e implacable—. Aquí no ha ocurrido nada, mi clienta simplemente ha cambiado de opinión y tiene derecho a hacerlo. Esto ha sido una falsa alarma, seguro que tienen cosas mejores que hacer.

Me giré hacia la azafata, que repiqueteaba con sus dedos sobre el mostrador, estudiando lo que ocurría y sin atender a los demás pasajeros que había en la cola; aunque, dicho sea de paso, todos estaban entretenidos con el espectáculo. Hannah me sonrió, dándome ánimos.

—Necesitamos comprobar sus datos —dijo uno de los agentes de seguridad.

Di un paso al frente, dispuesta a razonar con ellos.

—Escuchen, no soy una terrorista ni llevo cocaína escondida entre la ropa. Solo quiero volver a ver a Alex; les ruego que no me detengan, sería la segunda vez esta semana y creo que no podría soportarlo...

—Eso no ayuda, Emma. Cierra la boca —me exigió Elisa.

—¡Por favor, por favor, por favor! —supliqué.

Elisa se giró y me arrebató el pasaporte de las manos para luego entregárselo a uno de los guardias de seguridad.

—Pueden comprobar sus datos. No tiene antecedentes.

—Bien. —El agente le echó un rápido vistazo—. Esperen aquí con mi compañero; tengo que contrastar la información y, si todo está en orden, podrá marcharse.

Respiré hondo mientras él se alejaba hacia una sala privada. Cuando advertí que no eran pocas las personas que me miraban con curiosidad, noté cómo me ardían las mejillas. Había tocado fondo.

—Así que... ¿te quedas? —preguntó Elisa.

—Supongo que sí.

Me sequé el sudor de las manos en los pantalones vaqueros que vestía; todo mi cuerpo estaba... confuso y tembloroso. Ni siquiera sabía cuándo había tomado esa decisión, qué iba a hacer ni mucho menos cuáles serían las consecuencias. Lo único en lo que podía pensar era en la idea de volver a ver a Alex.

—¡Es genial! —Hannah me abrazó y luego miró a Elisa—. ¡Te lo dije! ¡Yo gano!

—¿Habíais apostado o algo así?

—Sí, pero no debería contar porque lo hicimos hace semanas, cuando yo carecía de todos los datos necesarios. —Sacudió la cabeza y me miró emocionada—. Ya sabes que no me gusta perder, pero, por una vez, me alegro de haberlo hecho. Y no quiero ponerme sentimental, pero... estoy segura de que aquí vas a ser muy feliz, Emma.

Tragué saliva, nerviosa. No sé por qué Elisa daba por sentadas tantas cosas. No sabía qué ocurriría cuando saliese de ese aeropuerto. Le había dicho que no lo quería. Esperaba que pudiese perdonarme... una vez más. Tenía tanto miedo que evité pensarlo.

El agente regresó pasados unos minutos y me devolvió el pasaporte.

—Puede irse. Todo está en orden —dijo secamente.

—Muchas gracias. —Me lo guardé en el bolso.

Vi que Hannah estaba llorando y la abracé.

—Te voy a echar de menos. —Cuando nos separamos, se limpió las lágrimas—. Menos mal que uso maquillaje resistente al agua. Te veremos pronto, ¿verdad?

Sorbí por la nariz como una cría después de sollozar.

—Claro que sí. No sé qué va a pasar, pero, salga mal

o bien, tengo todas mis cosas en Nueva York, así que ni siquiera nos dará tiempo a echarnos de menos.

Hannah sonrió algo más animada y asintió.

—Vale. Y, por favor, ten cuidado con el sol, no quiero que te salgan manchas en la piel.

—Señoritas, ¡tienen que embarcar ya! —dijo la azafata.

Nos despedimos una última vez, abrazándonos las tres y diciendo tonterías de esas que fuera de contexto nadie entendería, como «Jura que usarás mi taza de unicornio todas las mañanas y que me recordarás mientras tomes café», «No hagáis nada que yo no haría» (que en realidad significaba que podían hacer cualquier gilipollez que se les pasase por la cabeza) o soltar un grito de guerra del estilo «¡Amigas antes que tíos!» (lo que no tenía ningún jodido sentido precisamente en esa situación).

Cuando las solté, me quedé allí hasta que las vi desaparecer por la puerta de embarque. Entonces me quedé sola, casi sin respirar, contemplando el constante movimiento de la gente que había en la terminal y preguntándome qué hacer.

Decidí ir a lo seguro; saqué el móvil y llamé a Alex.

Sí, sé que no era muy romántico. Tampoco respondió.

¿Y si no volvía a querer saber nada de mí? Las personas toman decisiones a todas horas y se replantean las cosas constantemente. Un día te gusta el atún y al día siguiente decides que es demencial comerte a un pobre pez que no ha hecho nada para merecer terminar en un plato. Es la esencia natural del ser humano. Había desperdiciado un montón de oportunidades durante los últimos días. Puede que fuese como un atún. Puede que Alex quisiese comerme la noche anterior, pero también existía la posibilidad de que, de pronto, ya no le pareciese nada apetecible.

Armándome de valor, salí del aeropuerto y me subí en el primer taxi que paró. Le indiqué al conductor la dirección e intenté tranquilizarme en mi asiento, esforzándome por controlar mi respiración. Años atrás, había asistido a una clase de yoga que Hannah frecuentaba y la profesora no paraba de repetir todo el tiempo que el secreto estaba en la relajación de los músculos del cuerpo. Cuando conseguías tener ese poder sobre ti misma, los planetas se alineaban, retenías la energía positiva y tu vida se tornaba maravillosa. Recuerdo que ese día me pareció una estupidez, razón por la cual nunca había repetido la experiencia, pero mientras nos dirigíamos hacia la playa donde Alex trabajaba, estaba tan desesperada que era capaz de aferrarme a cualquier cosa, incluidas todas las religiones del planeta.

Veinte minutos más tarde, el taxi paró en doble fila.

Con el corazón encogido y tembloroso, contemplé el mar que se extendía a lo lejos y las tablas de surf que se movían entre las olas.

—Señorita, hemos llegado —indicó el hombre.

Bien, eso lo sabía. El problema era que no estaba segura de ser capaz de mover las piernas y salir del vehículo. Puede que tuviese que llamar a la grúa, porque me había quedado anclada en el asiento trasero, como si una fuerza sobrenatural me retuviese allí.

Tan solo nos separaban unos metros...

Y aunque estaba convencida de que apenas existía un uno por ciento de posibilidades de que me perdonase, entendí que estaba dispuesta a correr el riesgo.

Pagué el importe del trayecto al taxista y logré salir

del coche. La brisa del mar me sacudió el cabello, despeinándome. Llevaba dos maletas con ruedas y un pequeño bolsito de mano, pero no me importó cuando comencé a caminar hacia la playa. Fue como si acabase de transformarme en Hulk porque, ciertamente, no sé cómo conseguí arrastrar el enorme equipaje por la arena. La gente que estaba tomando el sol me miraba como si fuese una demente y estuviese a punto de lanzarme sobre sus toallas de playa para robarles los bocadillos de la merienda. Llevaba puestas unas gafas de sol y esperaba que eso fuese suficiente como para que no pudiesen reconocerme en un futuro.

Distinguí el cabello negro de Alex a lo lejos, en el agua, junto a una tabla de surf a la que intentaba subirse un chico joven. Verlo me dio ánimos para seguir avanzando e ignorar las miradas curiosas, pero cuando los brazos comenzaron a fallarme a causa del esfuerzo, tuve que dejar las maletas tiradas en la arena de la playa. Suspiré hondo, sin dejar de observarlo. Si conseguía que se girase y me viese, podría llamar su atención alzando los brazos en alto o saltando sin parar... pero no, no se giraba; estaba muy concentrado dándole clases a ese chico.

Chasqueé los dedos delante de una familia que descansaba bajo una enorme sombrilla. La niña pequeña, que llevaba dos trenzas, se asustó. El padre me miró hosco.

—Tengo que meterme en el agua. ¿Les importaría vigilar mis cosas un momentito de nada? —pregunté y señalé las maletas apiladas en la arena, ante lo que el tipo me miró alucinado.

—Sí, no se preocupe —dijo, y creo que si accedió fue por miedo.

Me quité las sandalias y, después, corrí hacia el agua

a pesar de que iba vestida con unos pantalones vaqueros largos y una blusa.

—¡Alex! —grité su nombre. El agua me cubría hasta las rodillas—. ¡Alex! ¡Estoy aquí!

Avancé mar adentro. ¿Por qué no me miraba? Casi todos los demás bañistas sí lo hacían e, incluso, algunos se apartaban rápidamente de mi camino. En medio del caos, distinguí a una madre que le tapaba los ojos a su hijo y lo cogía en brazos, sacándolo a toda velocidad del agua, como si los persiguiese un tiburón blanco. Había dejado las gafas de sol en la arena, junto a las maletas, así que, si finalmente conseguía que Alex me perdonase, nuestros vecinos siempre me reconocerían como la mujer que se metió en el agua vestida. Pero ¿sabéis qué? Me daba igual siempre y cuando él estuviera a mi lado. Quizá incluso me hiciese famosa y los platós de televisión se rifasen una entrevista conmigo. Y yo las denegaría todas, por supuesto, a lo Grace Kelly, con elegancia y serenidad y todas esas cosas que esperaba tener algún día.

—¡Alex! ¡ALEX!

El agua me llegaba casi por el cuello y estaba a punto de rendirme y dejarme llevar por la corriente cuando, milagrosamente, oyó mi voz y se giró. Entonces fue como si lo viese todo a cámara lenta. Alex con gesto de asombro, instantes antes de reaccionar y soltar la tabla de surf que sostenía en las manos. Y después el Alex sonriente que tan bien conocía, mientras avanzaba hacia mí sumergiéndose entre las olas e impulsándose en el agua. Se quedó quieto cuando solo nos separaban unos centímetros de distancia, sin llegar a tocarme. Nos miramos en silencio, bajo el débil sol de la tarde.

Recorrí su rostro, deteniéndome en sus labios y las

líneas de su mandíbula, para después subir hasta esos ojos azules enmarcados por las pestañas negras de las que pendían pequeñas gotitas de agua. La nuez de su cuello se sacudió cuando tragó saliva.

—No te has ido —dijo recalcando lo evidente.

—Eso parece. —Casi no podía hablar.

—Y no vas a irte. —No fue una pregunta.

—No, a no ser que me lo pidas.

Sonrió y se le marcaron los hoyuelos.

—Dudo que eso ocurra jamás.

Era una máquina de escribir rota. No estaba segura de que pudiese volver a formar palabras esdrújulas nunca más, cada sílaba era un esfuerzo inhumano.

—Alex, siento... Lo siento mucho...

Él se movió en el agua y, un segundo después, tenía mi rostro entre sus manos y mis labios junto a los suyos, abriéndolos ansioso con la lengua. Se apartó con un gruñido, como si no pudiese soportar la idea de hacerlo, y me miró a los ojos, todavía sosteniéndome las mejillas.

—No vuelvas a mentirme en algo así... —susurró contra mi boca—. Ni se te ocurra volver a decirme nunca que has dejado de quererme si no es verdad, porque te juro... que me ha faltado muy poco para encerrarme en la habitación con una botella de whisky y llorar como un crío durante horas. Dímelo ahora —me lamió el labio inferior, despacio—. Necesito oírlo, después de tanto tiempo...

—Te quiero, te quiero, te quiero, te quiero...

Lo abracé, rodeándole el cuello con los brazos. Alex me apretó contra él y, al hacerlo, frunció el ceño antes de mirarme con los ojos entornados y una sonrisa.

—Joder. ¿Te has metido en el agua vestida?

Debería haber sido humillante, pero después de todo lo que acababa de conseguir, de su rostro frente al mío y de esos ojos que me miraban divertidos, ya no me lo parecía tanto. De hecho, puede que fuese una buena anécdota para contar en el futuro a nuestros hijos, a los nietos o a los bisnietos. Sí, vale, empezaba a divagar.

—Completamente, pero las sandalias se han salvado.

—Y por cosas así estoy loco por ti.

Mi corazón se agitó cuando volvió a besarme entre risas.

EPÍLOGO

—

(UN AÑO MÁS TARDE)

Casarse en la playa tiene sus ventajas.

En primer lugar, no tienes que preocuparte por el vestido de novia que llevarás porque, a fin de cuentas, sabes que terminará empapado, sucio y lleno de arena, y que, por mucho que quieras, no podrás dárselo a tu futura hija cuando llegue el momento de su boda, a no ser que quieras que se case como una pordiosera y ser una madre terrible. Así que llevaba puesta una túnica blanca con bordados azules que había comprado en un mercadillo ambulante. En segundo lugar, no puedes usar tacones. ¿Qué mujer consigue caminar por la arena con diez centímetros de tacón? Ninguna, ni siquiera Catwoman. Así que estaba descalza en la arena, exhibiendo orgullosa mi nueva manicura de color rosa. Y, en tercer lugar, tampoco es muy necesario ningún peinado elaborado, porque ya se encarga la brisa del mar de fastidiarlo.

De modo que, ese día, apenas había tenido que hacer nada fuera de lo normal más allá de levantarme, vestirme, dejarme el cabello suelto y pintarme las uñas de los pies mientras bebía chupitos de tequila con mis amigas y me reía sin parar, feliz y nerviosa.

Unas horas después, con un pequeño ramo de flores silvestres en la mano y una sonrisa inmensa acompañándome, caminé hasta el altar blanco que estaba colocado sobre la arena.

Y allí estaba él. Siempre él. Alex.

Tan guapo, tan maravilloso, tan mío.

No eran mariposas lo que tenía en el estómago, eran elefantes bailando y saltando. Mientras avanzaba hacia él, sentía cómo su mirada me atravesaba la piel. Y era justo como siempre había imaginado. Como si estuviésemos solos. Como si nada más importase. Como si pudiésemos entendernos para siempre sin palabras.

Por lo visto, el cura estaba liado buscando un libro de no sé qué tontería que, al parecer, necesitaba para poder casarnos. A mí me daba un poco igual, porque me bastaba con la sonrisa de Alex y ese brillo que tenía en los ojos... Ah, bueno, y puede que también influyesen los chupitos que una hora antes me había tomado con Elisa y Hannah.

—Tan solo necesito un momentito, no os impacientéis... —dijo el cura.

—Tranquilo, después de lo que nos ha costado llegar hasta aquí, esperaremos.

Reí tontamente por las palabras de Alex y él me miró cauteloso antes de cogerme la mano e inclinarse para lamerme el dorso, saboreando los restos de sal y limón.

Sonrió travieso y me susurró al oído:

—Tequila. Has sido una chica muy mala. Tendremos que solucionarlo más tarde...

«Mmm, no sonaba nada mal.» Miré al cura, porque de repente me corría un poco más de prisa; cuanto antes terminásemos con esa boda, antes podríamos marcharnos para que Alex me diese una gran lección y me ayudase a redimir todos mis pecados.

—La culpa la tiene Elisa —le susurré—. Fue idea suya.

—No sé por qué no me sorprende...

Alex se giró, buscando a mi amiga con la mirada, y lo mismo hice yo, observando con cierto nerviosismo a nuestros invitados, que parecían impacientes, a la espera de que diese comienzo la ceremonia. No eran demasiadas personas, en realidad apenas veinte. Los chicos que Alex tenía a su cargo en la empresa de surf, Amy y Tom (socios de la pequeña editorial que había abierto en California siete meses atrás), Hilda (nuestra psicóloga preferida), mi hermano y su novia, Hannah, Elisa y nuestros padres, a los cuales les faltó poco para sufrir un infarto cuando se enteraron de que volvíamos a estar juntos.

De hecho, al principio, la madre de Alex amenazó con quitarlo del testamento tras averiguar lo que había ocurrido y estuvieron unas semanas sin hablarse, pero, finalmente, llamó entre lágrimas para disculparse, y desde que Alex tuvo una seria conversación con ella casi parecía quererme. Casi. En ocasiones, incluso me había lanzado algún cumplido, aunque el día de la boda no fue precisamente el caso porque, cuando me vio aparecer descalza y con un vestido que bien podría haber usado para ir al supermercado, arrugó la nariz como si delante de ella tuviese una tonelada de estiércol fresco.

Con todo, durante los últimos meses, además de apuntarme a clases de yoga, había aprendido a separar las cosas importantes de esas que no lo son tanto. Me había dado cuenta de que no valía la pena sufrir o preocuparse por nimiedades y que, mientras estuviese en mi mano, iba a intentar disfrutar cada instante como si fuese el último.

Miré al cura mientras abría un grueso libro sobre el atril.

—Me enorgullece dar comienzo a la ceremonia en la que nuestros queridos Alex y Emma quedarán unidos en matrimonio.

A partir de ahí, el hombre comenzó a decir un montón de cosas que no escuché, probablemente porque estaba embobada mirando a Alex vestido con esa desenfadada camisa blanca que contrastaba con sus ojos azules y le daba un aire tan bohemio y seductor que...

—¿... aceptas a Emma Sowerd como tu legítima esposa?

Alex sonrió y apretó mi mano entre las suyas.

—Sí, acepto —dijo, con el sonido de las olas de fondo.

—Y tú, Emma Sowerd, ¿aceptas a Alex Harton como tu legítimo esposo?

Lo miré con un nudo en la garganta. Él alzó una ceja cuando el silencio se prolongó el tiempo suficiente como para que algunos invitados dejasen de respirar. Y entonces, allí, en el día más importante de mi vida, me eché a reír, mucho y muy fuerte, sin poder ni querer contener ese burbujeo de felicidad que me sacudía el estómago. Ignoré los protocolos, a la gente que nos rodeaba y todo lo demás cuando me lancé a sus brazos y lo besé, aún sonriendo.

—Sí, acepto, acepto. Siempre, Alex.

AGRADECIMIENTOS

Gracias a todos esos lectores que en su día le dieron una oportunidad a *Otra vez tú*, se quedaron con ganas de saber más de Elisa y de Hannah tras conocer la historia de Alex y Emma, y pidieron más sobre la «Serie Tú». Han pasado ya años desde que publiqué esta primera entrega y le sigo teniendo el mismo cariño. Muchas gracias por leerme.

A Daniel Ojeda, María Martínez y Natalie Convers, por estar siempre.

A las chicas del grupo: Saray García, Neïra y Abril Camino (que, además, corrigió la última versión de esta historia y siempre está ahí para resolver todas las dudas).

A mi familia. Sobre todo, a mi madre y lectora cero.

Y a J, cómo no. Gracias por todo. Contigo no me importaría que fuese siempre, siempre, siempre «otra vez tú».

Enamórate de las emocionantes historias de

Alice Kellen

@alicekellen_